"CHARLES BERG"

Roméo et Juliette au Village

" Collection Chante-Clair "

G. KELLER

Roméo et Juliette
au Village

Illustrations de Luigi Rocca, Milan

PARIS

LIBRAIRIE L. BOREL

et quai Malaquais st

1893

IL A ÉTÉ TIRÉ DE CET OUVRAGE
25 exemplaires sur papiers de Chine et du Japon

Tous ces exemplaires sont numérotés
et parafés par l'Éditeur

Préface

Roméo et Juliette au Village est un de ces frais, tendres, purs et délicats récits qui plaisent aux tempéraments les plus dissemblables. Jeune fille et vieillard, philosophe ou homme du monde, il n'est personne, croyons-nous, qui puisse méconnaître le charme de ce roman. L'amour y

apparait sous sa forme la plus tou-
chante, celle qui captivera les êtres
aussi longtemps qu'il y aura sur
cette terre des sentiments de tendresse et de grâce. Et c'est justement
à cause de l'universalité d'intérêt qui
s'y attache, que nous avons tenu à commencer la collection '' Chardon Bleu ''
avec le chef-d'œuvre de G. Keller. De
cette manière, aucun de nos lecteurs
ne se verra déçu, comme il arrive
avec certains récits très beaux, mais
qui ne conviennent qu'à une caté-
gorie d'esprits.

Nous n'avons point à faire ici l'éloge
de Keller. Disons seulement que cet
exquis auteur unit, comme Charles
Dickens, un humour entrainant à
l'émotion la plus communicative.

L'ÉDITEUR

Roméo et Juliette au Village

I

L'histoire que nous allons conter
serait assez oiseuse si elle ne repo-
sait sur un fond véritable. Elle
prouve une fois de plus combien
chacune des belles fables qui for-
ment la base des chefs-d'œuvre

poétiques, a des profondes racines
dans la vie. Si le nombre de ces
fables est restreint ainsi que celui
des métaux, comme eux elles
renaissent éternellement dans de
noùvelles combinaisons et dans
les circonstances les plus éton-
nantes.

Au bord de la jolie rivière qui
coule à une demi-lieue de Seldwyla, s'étend un grand pli de terrain, qui se perd dans la plaine
fertile. A ses pieds est un village
où s'élève mainte ferme prospere,
et, sur la colline en pente douce,
s'étendaient jadis trois beaux
champs déroulés comme de vastes
rubans.

Par une tiède matinée de septembre, deux paysans labouraient
les champs de côté. Celui du
milieu, enclavé, semblait inculte
depuis longtemps : il était couvert de pierrailles et de drues
plantes parasites. Un monde d'in-
sectes y bourdonnait.

Les paysans qui conduisaient
leur charrue, étaient des hommes
d'environ quarante ans, grands,
osseux et dont l'aspect marquait
l'aisance. Ils portaient des culottes
courtes, en fort coutil, dont les
plis raides semblaient taillés dans
la pierre. Si quelque obstacle les
obligeait d'appuyer davantage sur
la charrue, les grosses manches de
leur chemise vacillaient de la se-
cousse ; mais leurs figures, frais
rasées, demeuraient calmes et atten-

tives, quoique le soleil fit un peu
cligner leurs yeux pendant qu'ils
traçaient les sillons. Par instant,
ils détournaient la tête, lorsqu'un
bruit lointain venait interrompre
le silence. Lentement, non sans
quelque élégance naturelle, ils
avançaient, ne disant mot, sauf
pour donner un ordre aux valets
qui conduisaient les quatre chevaux attelés à chaque charrue.

Vus à distance, ces deux hommes
se ressemblaient au point qu'on
n'aurait pu d'un coup d'œil les
distinguer, sinon que l'un portait
l'extrémité de son bonnet blanc en
avant, tandis que l'autre la portait
en arrière ; mais lorsqu'ils retour-
naient leur charrue, les rôles chan-
geaient : au sommet de la colline,
arrivant l'un vers l'autre, celui qui

recevait la bise en face rejetait son
bonnet en arrière, et l'autre pen-
chait en avant. Il y avait aussi un
moment où les bonnets, brillant
au soleil, se dressaient comme
deux flammes blanches vers le
ciel.

Ils labouraient donc en paix, et
c'était plaisir de les contempler
dans ce paysage doré de septembre,
se rencontrant sur la hauteur, puis
s'éloignant silencieusement et disparaissant enfin comme deux constellations derrière la colline, pour
reparaître un instant plus tard.
S'ils rencontraient une pierre, ils
la lançaient vigoureusement sur le
champ inculte. Mais cela n'arrivait
guère, car celui-ci était déjà rempli
de toutes les pierres trouvées dans
les champs voisins.

Une bonne partie de la longue matinée s'était écoulée, quand un petit attelage, venu du village, commença de gravir la pente légère de la colline : c'était un petit chariot, peint en vert, dans lequel les enfants des laboureurs, un garçonnet et une toute petite fille, apportaient le déjeuner de leurs pères.

On envoyait à chacun un beau pain, tenu au frais dans une serviette, une cruche de vin, des verres, plus un morceau friand que la ménagère avait réservé pour le maître. La voiture contenait encore des pommes et des poires déjà entamées, que les enfants avaient ramassées sur la route, une poupée avec une seule jambe et la figure barbouillée. Celle-ci, assise comme une demoiselle entre les pains, se laissait charrier fastueusement.

L'attelage, après des heurts et des haltes, s'arrêta à l'ombre d'un groupe de jeunes tilleuls, sur la bordure des champs. Alors, on put voir de près ses deux petits conducteurs : c'étaient un garçon de sept ans et une fillette de cinq. La figure fraiche et saine, ils n'avaient de remarquable que de très beaux yeux. La petite fille montrait un teint bruni et des cheveux noirs tout frisés, qui lui donnaient un air franc et ouvert.

Les laboureurs venaient de remonter la colline. Après avoir donné un peu de trèfle aux chevaux, abandonnant la charrue dans le sillon commencé, ils vinrent en bons voisins communier dans le repas et se souhaiter le bonjour ; car ils ne s'étaient pas encore parlé de la journée.

Ils partageaient libéralement leur déjeuner avec les enfants, qui ne s'éloignèrent pas, tant qu'il y eut quelque chose à manger. Promenant leurs regards autour d'eux, la petite ville les arrêta. Un léger voile de fumée y flottait ; le fin dîner que les gens de Seldwyla préparent quotidiennement s'annonçait par un nuage argentin, sur leurs toits, nuage qui s'étendait allégrement jusqu'aux montagnes.

— Ces gueux de Seldwyla se préparent encore un bon dîner, dit Manz, l'un des paysans.

L'autre, Marti, répondit en désignant la terre inculte :

— Un d'eux est venu hier chez moi pour me parler de ce champ.

— Un membre du conseil de district, n'est-ce pas ? reprit Manz. Il est aussi venu chez moi.

— En vérité ? Et il t'a engagé à défricher le champ et à en payer le loyer aux Messieurs du conseil ?

— Oui, en attendant qu'on ait retrouvé le propriétaire : mais je ne me soucie pas de défricher au profit d'un autre. Je lui ai répondu qu'on n'avait qu'à vendre le champ, et à en garder le prix, jusqu'à ce que le légitime propriétaire se montrât, ce qui n'arrivera sans doute jamais. Lorsqu'une affaire est au greffe de Seldwyla, elle n'en sort pas vite ! D'ailleurs, ceci n'est pas chose facile à régler. Ce qui est sûr, c'est que ces gueux ne seraient pas fâchés de se faire du bel argent avec le champ. S'ils le vendaient, ils pourraient aussi en tirer profit : nous nous garderions de le pousser trop haut, et le champ aurait au moins un maître.

— C'est mon avis, aussi ai-je fait à ce mauvais plaisant la même réponse !

Ils se turent un instant, puis Manz dit :

— Quel dommage pourtant que cette bonne terre reste en friche. C'est triste à voir, voilà bien vingt ans que cela dure. Personne ne s'en occupe — car personne dans le village n'a aucun droit sur ce champ : nous ignorons tous ce que sont devenus les enfants du vieux trompette ruiné.

— Hé ! dit Marti, c'est à savoir.

Quand je regarde le ménétrier noir,
qui rôde avec les bohémiens, et
qui fait danser parfois les villageois,
je ferais serment que c'est le petit-
fils du trompette, ignorant qu'il
lui reste une terre. Du reste, qu'en
ferait-il ? Boire pendant un mois,
et après comme devant! Puis, qui
lui parlerait d'une chose qui restera toujours obscure ?

— Cela ferait une belle affaire !
N'est-ce pas déjà assez d'avoir à
disputer le droit de commune à ce
ménétrier qu'on nous renvoie continuellement. Ses parents sont allés
avec les bohémiens, n'est-ce pas !
Et bien ! qu'il y reste, qu'il joue
du violon avec les chaudronniers.
Enfin, comment savoir s'il est véritablement le petit-fils du trompette ? Et quoiqu'il me semble re-

trouver le vieux musicien dans
cette noire figure, je me dis qu'on
peut se tromper. Le plus mince

chiffon de papier, un lambeau
d'extrait de baptême, me per-
suadront mieux que dix figures de
pêcheurs.

— Sûrement! répliqua Marti, quoiqu'il prétende que ce n'est pas de sa faute s'il n'a pas été baptisé. Faudrait-il pas avoir des fonts baptismaux mobiles, pour les trainer au fond des bois! Mais les fonts tiennent solidement dans l'église. Il n'y a rien de mobile que la civière des morts, pendue dehors. Nous sommes déjà trop nombreux au village, bientôt il nous faudra deux maîtres d'école!

Le repas finit, la causerie fut interrompue. Les deux paysans se levèrent pour reprendre leur tâche, tandis que les deux enfants, qui projetaient de revenir au village avec leurs pères, placèrent leur voiture à l'ombre des tilleuls. Ils s'élancèrent au galop dans le terrain inculte : arbustes sauvages, herbes parasites, tas de pierres, c'était pour eux une forêt vierge merveilleuse.

Ils rôdèrent quelque temps dans ce désert verdoyant, heureux de lever leurs mains enlacées au-dessus des hautes têtes de chardons. A la fin, ils s'assirent à l'ombre d'un buisson. La fillette vêtit sa poupée de grandes feuilles de chicorée sauvage, qui faisaient une belle robe verte festonnée. Elle lui fit ensuite une coiffure d'un coquelicot, qui croissait solitaire, et qui fut fixé avec un brin d'herbe. La petite personne avait ainsi l'air d'une fée, surtout lorsqu'on eut ajouté un collier et une ceinture de baies rouges. Perchée sur une haute touffe de chardons, garçonnet et fillette l'admirèrent un instant. Le petit, ayant assez de la contempler,

trouva bon de la renverser en lui
jetant une pierre. Cet incident
ayant mis du désordre dans sa
tenue, la fillette se hâta de la
déshabiller, pour lui faire une nouvelle toilette ; mais quand la poupée
fut toute nue, n'ayant plus que la
coiffure rouge pour tout costume,
le garçonnet prit brusquement le
jouet à sa compagne, et le jeta en
l'air, très haut. La fillette courut
en poussant des cris. Le garçon
retrouva le premier la poupée, et
la rejeta de nouveau en l'air.
Vainement la petite essayait de la
ressaisir. Cette taquinerie dura
quelque temps, tant que la pauvre
poupée reçût au genou de son
unique jambe une blessure qui répandit un peu de son. Le petit
taquin, dès qu'il eut remarqué le

....

dommage, s'assit par terre et se
mit, plein d'ardeur, à agrandir le
trou avec ses ongles pour voir d'où
venait le son. La petite, qui cherchait ailleurs, inquiète du silence
de son compagnon, se hâta d'ac-
courir. Le désastre la frappa d'effroi :

— Regarde ! cria-t-il, en mettant, sous le nez de la fillette, la
jambe de la poupée, et lui faisant
voler le son à la figure.

Elle cherchait toujours à la reprendre, à l'attraper, désolée, sup-
pliante ; il s'enfuit pour ne s'arrêter
que lorsque la jambe pendit flas-
que et vide, telle une gousse, puis
il jeta le pauvre jouet et prit un
air détaché et effronté.

La petite se précipita en pleurant sur la poupée et la cacha dans

son tablier, pour bientôt la con-
sidérer tristement. Lorsqu'elle vit
cette jambe pendue au corps comme
une queue de lézard, elle se reprit
à sangloter.

Tant de larmes touchèrent enfin
le coupable. Il se sentit quelque
remords et se mit à regarder sa
compagne d'un air piteux et repen-
tant. Celle-ci s'en aperçut. Elle
cessa de pleurer, et frappa l'autre
à coups redoublés avec la poupée.

Il fit semblant d'avoir mal et
cria : « Aïe ! » avec tant de naturel
qu'elle en fut apaisée. Alors elle se
joignit à lui pour finir l'œuvre de
destruction ; ils firent trous sur
trous dans le corps de la martyre ;
ils en extrayèrent tout le son et le
recueillirent en tas, sur une pierre

plate, le remuant et le regardant
avec attention.

Il ne restait, de la poupée, que
la tête. Elle fut l'objet d'un
examen attentif de la part des enfants, qui l'enlevèrent soigneu-
sement du cadavre déchiqueté, et
regardèrent avec étonnement son
intérieur vide : cette profonde ca-
vité, devant le tas de son, leur
donna l'idée de remplir l'une avec
l'autre.

Aussitôt voici les petits doigts
des enfants travaillant avec ardeur
à introduire le son dans la tête,
toute surprise de contenir enfin
quelque chose ! Toutefois, le garçonnet pensait que la tête était
toujours sans vie : il attrapa soudain
une grosse mouche bleue, et, pendant qu'elle bourdonnait dans le

creux de ses mains, il dit à la petite de faire sortir le son de la tête,
après quoi il y introduisit la mouche, et tous deux bouchèrent l'ou-
verture avec de l'herbe. Ils l'approchèrent de leur oreille, écoutèrent, et ensuite la posèrent
gravement sur une pierre. Toujours
coiffée du pavot rouge, elle ressemblait, avec le bourdonnement
de la mouche, à une tête prophé-
tique.

Les petits, enlacés, écoutaient
avec recueillement les choses ma-
giques qu'elle contait. Mais tout
prophète excite l'épouvante d'abord,
puis l'ingratitude. Le peu de vie
enclose dans cette triste tête éveilla
l'instinct primitif de cruauté chez
l'enfant.

On décida de l'enterrer. Ayant

....

creusé une fosse, ils y déposèrent
la tête, insensible au bourdonnement de la captive, puis des pierres.

Cependant, d'avoir enterré quelque chose d'animé, leur causa un
peu de peur. Ils s'éloignèrent à une
assez bonne distance de ce lieu in-
quiétant.

La fillette se sentant lasse, fit
choix d'un petit coin tapissé d'herbe
tendre, s'y coucha sur le dos, et
commença à chanter quelques paroles monotones, sur un ton inva-
riable. Le petit garçon s'assit à
côté d'elle, se demandant s'il ne
s'étendrait pas aussi, sa fatigue
étant grande. Or, le soleil éclairait
justement la bouche de la chan-
teuse, faisait reluire les petites
dents blanches parmi les lèvres
rouges, et lui se mit à examiner

curieusement ces dents fines —
puis, prenant la tête de sa compagne, il cria :

— Devine !... Combien as-tu
de dents ?

La fillette réfléchit un moment.
Elle semblait compter avec beaucoup de soin. Elle dit enfin, au
petit bonheur :

— Cent !

— Non, répliqua-t-il, trente-
deux ! Attends, je vais les compter !

Il se mit à compter les petites
dents. Comme il n'en pouvait
trouver trente-deux, il s'y reprit à
plusieurs fois.

La fillette le laissa faire longtemps, immobile, puis, voyant
qu'il n'en finissait pas, elle se leva
brusquement :

— C'est mon tour à compter les tiennes !

Le garçonnet se laissa tomber dans l'herbe, la petite s'appuya sur lui, lui entourant la tête de son bras. Il ouvrit la bouche ; elle compta :

— Une, deux, sept, cinq, deux, une !...

Car la fillette ne savait pas encore compter.

Il la corrigeait, il lui disait comment elle devait s'y prendre ; elle reprenait, se trompant sans se lasser.

Ce jeu leur paraissait plus attrayant que tous ceux qu'ils avaient pratiqué auparavant. Enfin la fillette se laissa choir sur son petit professeur ; les deux enfants s'endormirent ensemble au grand soleil.

....

Durant ce temps, les pères avaient achevé de labourer leurs champs. Les sillons, frais creusés, fumaient doucement. Arrivé au bout du dernier sillon, l'un des valets voulut s'arrêter, mais son maître lui cria :

— Pourquoi t'arrêtes-tu ? Retourne encore une fois la charrue !

— Mais nous avons fini ! dit le serviteur.

— Fais ce que je te dis ! répondit le maître.

Ils retournèrent la charrue et ils enlevèrent un bon sillon au champ abandonné. Plantes et pierres volaient sur le soc, sans que le paysan s'arrêtât à les ramasser. Il se disait évidemment que rien ne pressait, qu'il fallait se contenter de faire cette fois la besogne rapidement, sans rompre les mottes.

Ils gravirent ainsi assez lentement la pente. Comme ils arrivaient en haut et qu'une bouffée de vent rejetait en arrière le bonnet du laboureur, son voisin, le bonnet renversé en avant, enlevait de son côté un bon sillon au champ inculte, et lui non plus ne prenait pas le temps de briser les mottes.

Chacun des deux hommes vit fort bien ce que faisait l'autre, mais ils feignirent de ne rien voir. Ils se croisèrent, descendirent lentement chacun de leur côté, et les deux constellations disparurent derrière la colline.

Ainsi le destin fait marcher ses navettes, et nul tisserand ne sait ce qu'il trame, comme dit la sagesse des nations.

II

Des années se succédèrent aux
moissons. Les enfants avaient
grandi. Le champ sans maître de-
venait toujours plus mince entre
ses voisins. Chaque labour lui enlevait un nouveau sillon de droite

et de gauche. D'ailleurs jamais un
mot à ce sujet : personne ne fit
mine de s'apercevoir de la fraude.
Les pierres s'élevaient en monceau
de plus en plus considérable. Elles
faisaient maintenant une large et
forte arête tout au long du champ ;
la végétation sauvage qui le couvrait était devenue si haute que
les enfants qui, cependant, avaient
grandi en même temps, ne pouvaient plus se voir, lorsqu'ils marchaient chacun d'un côté de ces
buissons.

D'ailleurs, ils n'allaient plus
jouer ensemble sur le champ. Sali,
déjà dans sa dixième année, préférait la compagnie des grands gar-
çons et des hommes. Vreeli la
brune, quoiqu'elle fût demeurée
une fillette pleine de vie et de

gaieté, devait demeurer dans la
compagnie des personnes de son
sexe ; sinon ses petites compagnes
se seraient moquées d'elle et l'aurait appelée *garçonnière*.

A chaque moisson, quand tout
le monde était aux champs, ils en
profitaient toutefois, pour escalader
la crête de pierres : ils se rencontraient au sommet et tentaient en
se jouant de se jeter l'un l'autre à
bas. C'était la seule circonstance
où ils pussent encore se voir : aussi
ne manquaient-ils pas de pratiquer
fidèlement ce jeu chaque année.

Il advint que le champ sans
maitre fut à la fin mis en vente.
Le prix en devait être déposé pro-

visoirement au tribunal. L'enchère
se fit sur les lieux-mêmes. Sauf
quelques curieux, il n'y vint que
Manz et Marti : personne ne se
souciait d'acheter ce singulier terrain ni surtout de cultiver entre
les deux voisins. Car, encore qu'ils
n'eussent fait en somme que ce que
les deux tiers des gens eussent fait
à leur place, on les regardait d'un
œil méfiant et on commençait à
s'éloigner d'eux.

La plupart des hommes sont en-
clins à commettre une action mauvaise si l'occasion s'en présente
facile, mais qu'elle ait été commise
par un autre, tous semblent bien
aise d'avoir échappé à la tentation.
Le coupable leur donne la mesure
de leurs propres instincts. Ils le
traitent avec une prudente réserve,

comme un émissaire choisi par la
divinité pour assumer le mal ; et
cependant ils ont encore l'eau à la
bouche à l'idée des profits rapportés
par son indélicatesse... Manz et
Marti furent donc les seuls enché-
risseurs véritables. Après une lutte
assez vive, le champ demeura à
Manz. Or, l'agent de vente et les
curieux partis, les deux paysans
s'avisèrent chacun qu'ils avaient
encore quelque chose à faire dans
leurs champs ; en y allant, ils se
rencontrèrent, et Marti dit à
l'autre :

— J'imagine que tu vas maintenant réunir ton ancien et ton
nouveau champ, et partager le tout
en deux portions égales. Du moins
c'est ce que j'aurais fait, si j'avais
eu le terrain.

— C'est bien aussi ce que je
compte faire répliqua Manz ; pour
un seul champ la pièce serait trop
grande... A propos, j'ai remarqué
dernièrement que tu as empiété encore avec ta charrue à l'extrémité
du champ qui est mien maintenant... et tu en as détaché un bon
morceau... Tu as sans doute pensé
qu'en devenant acheteur du tout,
ce coin te reviendrait de droit ! Mais
cette terre étant actuellement à
moi, tu comprends que je ne puis
pas souffrir une telle brèche ! Tu
ne trouveras donc pas à redire si je
rétablis la ligne droite. J'espère
qu'ils n'y aura pas de querelle
entre nous à ce sujet ?

Marti répondit froidement :

— Je ne vois pas non plus d'où
viendrait une querelle ! Je suppose

que tu as acheté le champ tel qu'il
est ; nous l'avons tous examiné en
commun, et, depuis une heure, il
n'a pas changé de la largeur d'un
cheveu.

— Bon ! dit Manz, ne revenons
pas sur le passé ! Toutefois ceci est
de trop ! Il faut que tout rentre enfin dans l'ordre ; ces trois terrains
ont été de tout temps côte à côte,
tirés aussi droits qu'au cordeau. Ce
serait pousser la plaisanterie trop
loin que de vouloir y faire une en-
taille aussi irrégulière et aussi
absurde ; on nous donnerait un
sobriquet, si nous laissions sub-
sister cette ligne tordue. Faisons
qu'elle disparaisse.

Marti se mit à rire et riposta :

— Te voilà pris tout-à-coup
d'une belle peur de la plaisanterie !

....

Mais cela peut très bien s'arranger ;
ce crochet ne me gêne pas le moins
du monde ; s'il te gêne, c'est
très bien... nous l'égaliserons,
mais pas de mon côté. Je te signerai
cela par écrit, si tu le désires.

— Trêve de plaisanteries, répondit Manz. Certes, nous l'égaliserons, et de ton côté, tu peux y
compter.

— Qui vivra verra ! dit Marti.

Les deux paysans se séparèrent,
sans plus se regarder. Ils marchaient
les yeux en l'air, comme s'ils
voyaient en haut quelque phéno-
mène qui demandait toute leur
attention.

Dès le lendemain, Manz envoya

à son nouveau champ un petit domestique, une fille à la journée, et son propre fils Sali, pour arracher et mettre en tas les mauvaises herbes et les broussailles, afin d'enlever plus facilement les pierres.

C'était un changement dans les habitudes de Sali. A peine âgé de onze ans, il n'avait jamais encore pris part à un travail manuel : ce fut même contre la volonté de la mère que Manz l'envoya au champ. Il semblait que le paysan, par cette dureté à l'égard de sa propre famille, cherchât à s'étourdir sur l'injustice dans laquelle il avait vécu et qui allait bientôt porter ses fruits.

Toutefois, les jeunes travailleurs arrachaient allègrement les mauvaises herbes. Ils s'en donnaient à

cœur joie — ardents à piocher
parmi les végétations sauvages qui
pullulaient là depuis tant d'années — car lorsqu'un travail diffère
du travail accoutumé, et ne demande ni mesure ni précautions,
on en fait volontiers un plaisir.
Les broussailles furent entassées et
brûlées avec de grands cris de
joie. La fumée se répandait au
loin en tourbillons. Les trois enfants sautaient et dansaient autour
du feu.

Ce fut la dernière réjouissance
que vit ce champ néfaste.

La fille de Marti, la petite
Vreeli, vint s'y joindre furtivement
et aider bravement au travail. Cet
événement inattendu fut une occasion de se rapprocher encore une
fois de son compagnon de jeux,

et, comme les autres, elle s'amusa
autour du feu comme une bien-
heureuse.

D'autres enfants survinrent. Bientôt il y eut toute une société
joyeuse. Sitôt que Vreeli et Sali
étaient séparés l'un de l'autre,
celui-ci cherchait à rejoindre sa
compagne. Celle-ci contente, se
glissait vers lui en souriant : il
semblait aux deux heureuses créatures qu'un si beau jour ne devait
jamais finir.

Au soir, le vieux Manz arriva
pour voir où en était la tâche.
Quoiqu'il la trouvât toute terminée, il n'en gronda pas moins,
se fâcha contre le divertissement, et
mit toute la bande en fuite. Marti,
dans le même moment, se montra
sur son terrain. Apercevant sa fille,

il siffla entre ses doigts, impé-
rieusement. Effarée, elle se hâta
d'aller auprès de lui, et, sans
motif, sans avoir réfléchi, il la
souffleta.

Les deux enfants s'en retournèrent en pleurant, sans plus
analyser le motif de leur tristesse
présente que naguère celui de leur
joie. Quoique nouvelle pour eux,
la brutalité de leurs pères ne laissa
pas une bien profonde impression
aux deux naïves créatures qui n'en
pouvaient savoir la raison.

Aux jours suivants, la besogne
fut plus dure et, pour amasser et
emporter les pierres, Manz dut

employer des ouvriers plus vigoureux.

Ce travail n'en finissait pas. On
eût dit que toutes les pierres de la
terre avaient été réunies en cet endroit. Manz ne les fit pas char-
royer en dehors du champ. Il
donna l'ordre de les entasser dans
le coin de terre en litige, que Marti
avait défriché.

Cela fit une immense pyramide,
et Manz pensait que Marti ne se
soucierait guère de la faire enlever.

Celui-ci ne s'était point attendu
à cette manœuvre. Il s'était figuré
que son adversaire, selon l'ancien
usage, aurait recours à la charrue,
et il attendait de le voir à l'œuvre
en cette manière.

La besogne était déjà presque
terminée lorsqu'il entendit parler

6

du monument que Manz avait
étayé.

Il accourut furieux.

A la vue de l'amas de pierres, il
alla chercher le président de commune, pour faire une protestation
provisoire avant de revendiquer
juridiquement son terrain. Et de
ce jour, ce ne fut plus que procès :
les deux voisins n'eurent plus de
cesse qu'ils ne fussent ruinés l'un
et l'autre.

Les idées de ces hommes, si
saines jadis, étaient devenues
courtes comme de la paille hachée.
Ils se confinaient dans la chicane
la plus étroite, la plus mesquine ;
aucun des deux ne pouvait ni ne
voulait concevoir que l'autre se
permît de vouloir le morceau de
champ contesté : cela leur semblait

aussi arbitraire qu'injuste et révol-
tant.

Chez Manz, cela se compliquait
d'un goût extraordinaire pour les
lignes parallèles. Il était véritablement outré de l'absurde manie de
Marti s'opiniâtrant dans sa ridicule
ligne crochue. Tous deux avaient,
en un mot, la conviction que celui
qui voulait duper l'autre d'une manière aussi bête et impudente, devait le prendre pour un imbécile.

Le procédé pouvait tout au plus
se concevoir à l'égard d'un pauvre
diable sans cerveau ni consistance,
mais non d'un homme aisé, intel-
ligent, capable de se défendre.

Donc, chacun se sentait blessé
en un point d'honneur singulier, et
se jetait à corps perdu dans la lutte,

aveuglé sur les suites. C'était le supplice fantasque de deux maudits, entraînés ensemble sur une planche étroite, au courant d'un sombre fleuve. Ils se défient et s'attaquent l'un l'autre, frappent des coups en l'air, pour finir par se détruire eux-mêmes en croyant précipiter leur ennemi.

Leur cause étant louche, ils tombèrent entre les mains de dangereux conseillers qui remplirent leurs imaginations malades des idées les plus extravagantes. Ils devinrent la proie des spéculateurs de Seldwyla, qui trouvaient en eux d'excellentes vaches à lait ; bien vite chacun des plaideurs eut un entourage d'hommes d'affaires, d'amis officieux, de donneurs de conseils, qui savaient soutirer l'ar-

gent comptant de mille manières
subtiles.

Ainsi le petit bout de terrain et
son monceau de pierres, sur lequel
prospérait une nouvelle forêt d'or-
ties et de chardons, fut le premier
germe d'une histoire bien plus en-
tortillée, et d'un genre de vie
inconnue, où, à l'âge de cinquante
ans, nos deux laboureurs prirent
des habitudes et des espérances
toutes différentes de celles qu'ils
avaient auparavant.

Plus ils perdaient d'argent, plus
ils en désiraient. Moins ils pos-
sédaient, plus ils s'acharnaient à
tenter de s'enrichir pour terrasser
l'adversaire. Ils donnèrent dans
toutes les chimères. Ils mettaient
chaque année aux loteries alle-
mandes, dont les billets encom-

braient Seldwyla ; mais ils n'y gagnèrent jamais un écu. On leur parlait toujours des gains des autres, et même ils apprenaient qu'ils avaient failli gagner eux-mêmes ; mais, en pratique, ils n'aboutissaient qu'à des dépenses toujours plus considérables.

Parfois les Seldwylois prenaient plaisir à placer l'argent des deux paysans, à leur insu, sur le même billet, de sorte que chacun mettait, dans la même chance, l'espoir d'écraser son rival.

La moitié de leur temps se passait à la ville. Chacun des compères avait établi son quartier général dans une gargotte. Ils s'y laissaient monter la tête, entraîner à des dépenses absurdes et même à de honteuses orgies dont leur

cœur saignait. Et cette triste vie,
qu'ils menaient pour montrer qu'ils
n'étaient point des imbéciles, les
faisait justement passer pour tels
aux yeux de tous.

Dans les intervalles, ils demeuraient soucieux à la maison, où ils
essayaient de travailler, de re-
gagner, par une activité farouche,
le temps perdu. Cette conduite
éloignait d'eux les laboureurs
habiles, accoutumés à un travail
régulier. Leurs affaires déclinèrent
rapidement. A peine dix ans
s'étaient passés, qu'ils étaient tous
deux criblés de dettes, n'ayant plus
qu'un pied sur leur propriété,
comme des cigognes, prêts à choir
au moindre souffle.

Leur haine augmentait chaque
jour ; ils se considéraient l'un

l'autre comme la cause de leur
malheur, chacun voyait dans son
voisin un ennemi acharné et injuste,
que le diable avait mis au monde
exprès pour le perdre. Ils crachaient
dès qu'ils s'apercevaient. Nul
membre de leur famille, s'il ne
voulait s'exposer aux pires traitements, n'osait adresser la parole à
la femme, à l'enfant ou aux domes-
tiques de l'ennemi.

Leurs femmes acceptèrent chacune d'une manière différente
l'appauvrissement continu et la dégradation des ménages. Douée d'un
excellent naturel, celle de Marti ne
put endurer la ruine de sa maison.
Le chagrin la tua, avant que sa
fille eût atteint l'âge de quatorze
ans. Au contraire, la femme de
Manz s'accommoda de cette façon

de vivre. Elle marcha sur les traces
de son mari. Il lui suffit de donner
carrière à quelques défauts de son
sexe, pour les transformer en vices.
De délicate, elle devint gourmande ;
son babil se changea en médisances qui lui faisaient dire à chaque
instant le contraire de ce qu'elle
pensait. Elle flattait ceux dont elle
venait de médire et ne se faisait
pas scrupule de mentir à son mari
même ; sa liberté de parole devint de
l'effronterie. Enfin, elle aidait de
son mieux à la ruine de la maison.

Dans cette décadence, c'était les
deux pauvres enfants qui étaient le
plus à plaindre. Ne voyant partout
que querelles et misères, ils

....

n'avaient en perspective qu'un triste avenir; leur jeunesse oubliait le bonheur et la gaieté.

Vreeli souffrait plus que Sali, car elle n'avait plus de mère. Seule dans la maison déserte, abandonnée à la tyrannie d'un mauvais père, c'était, à seize ans, une svelte et charmante fille.

Ses cheveux descendaient en boucles brunes, couvraient presque ses yeux noirs et brillants. Un beau sang vermeil colorait ses joues.

La vive rougeur de ses lèvres donnait à la brune adolescente une physionomie attirante. Tout son être semblait fait de vivacité et de gaieté. Toujours prête à jouer et à rire, pour peu qu'il fit un rayon de soleil, pour peu que les chagrins fis-

sent tréve un moment, elle. avait
pourtant bien des peines. Non seulement il fallait subir . la misère
croissante de la maison, mais il
fallait songer à s'habiller proprement, sans que le père voulût le
moins du monde lui en fournir
le moyen.

Donc, Vreeli trouvait grande
difficulté à vêtir sa jolie personne.
Il lui fallait faire des prodiges de
travail et d'adresse pour acquérir
une robe des dimanches bien simple,
ou pour conserver quelques pauvres
fichus en couleur. Aussi, la jolie et
allègre enfant, toujours humiliée
et gênée, ne courait guère le risque
de tomber dans le péché d'orgueil.
Puis, elle avait vu, à l'âge de raison,
les chagrins et la mort de sa mère ;
ce souvenir mettait un frein de plus à

....

sa nature vive et ardente, et c'était
en vérité touchant de voir comme,
en dépit de tout, la jeune fille était
prête à reprendre courage et à rire
au premier rayon de soleil.

La position de Sali, au premier
abord, semblait moins pénible.
Il était devenu un fort et beau
garçon capable de se défendre, dont
l'apparence n'admettait pas la pos-
sibilité de mauvais traitements.

Il voyait trop bien à quelle
misérable condition ses parents
étaient réduits. Il se rappelait qu'il
n'en avait pas toujours été de
même.

Ses souvenirs d'enfance lui mon-
traient son père sous la figure d'un
paysan énergique, sensé, paisible.

Maintenant, ce même homme
n'était plus qu'un vieux fou chica-

nier et paresseux, un fanfaron plein de projets ridicules, qui marchait plus vite, chaque jour, vers sa ruine complète.

Ce spectacle lui déplaisait et l'emplissait souvent de honte et de tristesse, sans que son inexpérience pût comprendre comment on en était arrivé là. Lorsqu'elle le voyait soucieux, sa mère l'étourdissait par des caresses et des flatteries. Afin de l'avoir de son côté, et pour satisfaire son orgueil, elle l'habillait bien et même avec élégance, elle satisfaisait à tous ses caprices. Lui se laissait faire sans beaucoup de gratitude : sa mère accompagnait ses caresses de trop de médisances et de mensonges.

Paresseusement et sans y trouver d'amusement, il faisait donc tout

ce qui lui plaisait. Sa conduite
n'était pas mauvaise, car, jusqu'à
présent, le triste exemple de ses
parents était resté pour lui sans
conséquence : la jeunesse n'a guère
d'autres désirs qu'une vie tranquille et occupée.

Le vieux Manz, qui avait été de
même, se sentait pris d'un respect
instinctif pour son fils, en recon-
naissant en lui, souvenir pénible
pour sa conscience, l'image de sa
propre jeunesse.

En dépit de sa liberté, Sali
n'était pas heureux. Il sentait bien
qu'il n'entreprenait et n'apprenait
rien d'utile ; depuis longtemps
il n'était plus question dans la
maison d'un travail assidu et
raisonnable. Sa seule consolation
venait de l'orgueil de son indépen-

dance et de sa bonne réputation.

Il laissait fièrement les jours couler en détournant les yeux du futur. La seule contrainte qu'il avait acceptée était la haine de son père pour tout ce qui portait le nom de Marti ou rappelait son ennemi.

Toutefois, Sali ne savait rien là-dessus, sinon que Marti avait fait tort à son père, et que chez Marti on avait d'identiques sentiments d'hostilité contre sa famille ; il n'eut donc pas de peine à fuir Marti et sa fille, et à prendre l'attitude d'un ennemi assez indifférent.

Vreeli, qui avait plus à endurer que Sali, et qui était bien plus délaissée, se sentait moins portée à cette inimitié de race : aussi se crut-elle plutôt méprisée par Sali, mieux mis qu'elle, et qui semblait plus heureux.

Du plus loin qu'elle le voyait paraître, elle se cachait de lui, elle s'éloignait bien vite, sans que seulement il prit la peine de la suivre des yeux.

Il y avait plus de deux ans qu'il n'avait vu la jeune fille d'un peu près. En vérité, il ignorait quel air elle avait depuis qu'elle était devenue grande.

Pourtant, il lui arrivait de se demander parfois avec curiosité comment elle était, et lorsqu'on parlait des Marti, il ne pensait involontairement qu'à la fille : son souvenir, un peu confus, ne lui était aucunement haïssable.

Le père de Sali fut le premier

des deux antagonistes qui suc-
comba. Il dut abandonner sa
maison et ses propriétés ; c'est qu'il
avait une femme qui l'avait bien
aidé à sa ruine, et un fils qui lui
coûtait assez cher. Marti était, au
contraire, le seul consommateur
d'importance dans son branlant
royaume : il permettait à sa fille
de travailler comme une bête de
somme, mais non d'avoir des be-
soins.

Manz ne trouva rien de mieux,
sur le conseil de ses protecteurs de
Seldwyla, que d'aller habiter la
ville, et d'y ouvrir un cabaret.

Il est toujours triste de voir un
paysan, vieilli dans les champs, se
retirer en ville avec les débris de
son bien pour y ouvrir un cabaret
comme dernière ancre de salut, et

faire l'hôte agréable et empressé lorsque la gaieté est bien loin de son cœur.

On put voir combien les Manz étaient pauvres, quand ils partirent du village, à l'aspect minable du vieux mobilier auquel rien, depuis des années, n'avait été renouvelé.

La mère n'en mit pas moins ses plus beaux atours et monta dans la voiture, par-dessus les meubles. Son visage exprimait la plus vive espérance; elle toisait, avec le dédain d'une future citadine, les villageois qui regardaient, de derrière les haies, passer le triste équipage. Elle se proposait de séduire la ville par ses grâces et son esprit.

Elle comptait bien prendre sur elle la direction dont son sot mari ne saurait pas se tirer, une fois qu'elle serait la patronne d'une belle auberge. Mais l'auberge se trouva n'être qu'une mauvaise gargotte, dans une ruelle obscure et déserte. Le prédécesseur de Manz venait de s'y ruiner : les gens de Seldwyla avaient passé un nouveau bail avec le ci-devant cultivateur, qui avait encore quelques centaines d'écus à perdre. Ils lui avaient aussi rétrocédé quelques tonneaux de mauvais vin et le mobilier du cabaret, soit une douzaine de vieilles bouteilles blanches, autant de verres, quelques tables, quelques bancs en sapin, jadis peints en rouge, reblanchis à force d'avoir été lavés.

Devant la fenêtre grinçait un cercle de fer suspendu à un crochet.

Dans le cercle, une main versait du vin rouge dans un verre. Une branche de houx desséché pendait encore au-dessus de la porte. Tout cela, Manz l'eut par dessus le marché. Toutefois, il n'était pas d'aussi belle humeur que sa femme. Il fouettait, plein de noirs pressentiments et de rage rentrée, les chevaux amaigris empruntés au fermier, son successeur. Le dernier petit valet l'avait quitté déjà depuis plusieurs semaines.

Lorsqu'il abandonna sa maison, il vit Marti, debout près de la route, le suivre d'un regard plein de goguenardise et de joie haineuse : il le maudit comme la cause essentielle de son malheur. Quand à Sali, lorsque la voiture fut en marche, il doubla le pas, prit les devants vers la ville, par des chemins de traverse.

— Nous y voilà, enfin ! fit Manz, quand la voiture s'arrêta devant la gargotte.

En voyant cette triste auberge, la femme demeura interdite. Les voisins, penchés curieusement aux fenêtres et aux portes, pour voir le nouveau cabaretier, le dévisageaient dans leur supériorité de Seldwylois, avec une compassion moqueuse.

La femme Manz descendit tout en colère de la charrette, et, les yeux humides, attisant d'avance sa langue, elle s'enfuit à l'intérieur, ne se laissant plus voir de la journée, tout honteuse des méchants meubles et des vieux lits que l'on déchargeait de la voiture.

....

Sali était aussi honteux : mais il
lui fallut aider le père à étaler ce
sale mobilier dans la rue.

Les enfants du voisinage vinrent y jouer, en se moquant des
paysans misérables. L'intérieur de
la maison était encore plus affreux :
on eut dit une caverne de voleurs,
avec ses murs blancs, humides et
mal crépis, sa salle, sombre et
morose, garnie de tables jadis
rouges, ses deux cabinets délabrés.
Le dernier locataire avait laissé
partout les ordures les plus
immondes.

La suite fut digne du début. La
première semaine, surtout au soir,
on eut bien quelques tables gar-

nies de citadins, curieux de voir
s'il n'y aurait pas à rire un peu du
paysan cabaretier, mais ils ne purent
s'amuser beaucoup de l'homme, car
Manz était roide, gauche, sombre,
triste. Il ne savait point comment
s'y prendre et ne le voulait point
apprendre. Il remplissait lentement, maladroitement, les cho-
pines, les mettait d'un air grognon
devant les hôtes, tentait de dire
quelque chose, mais ne trouvait
rien.

Sa femme fit d'autant plus
d'efforts et réussit à attirer le monde
durant quelques jours, mais pas
pour le motif qu'elle imaginait.

La pesante cabaretière s'était
arrangé une toilette qui, à son idée,
la rendait irrésistible : elle portait,
avec une jupe de toile écrue, un

vieux corsage de soie verte, un
tablier de coton, et un mauvais col
blanc. Le peu de cheveux qui lui
demeuraient fidèles, étaient roulés
en boucles ridicules autour de
ses tempes, un grand peigne était
planté dans son petit chignon.
Dans cet attirail, elle s'empressait,
sautillait, gracieuse, faisait la jolie
bouche, tournait autour des tables,
avançait le verre ou l'assiette char-
gée de fromage salé, disant avec un
sourire :

— Voilà, voilà, messieurs ! à la
bonne heure !

Et d'autres balivernes.

Encore qu'elle eût ordinairement
la langue bien pendue, elle ne
savait que dire à des inconnus.

Or, les clients du cabaret,
Seldwylois de la pire espèce, met-

taient la main devant la bouche, étouffant leurs rires, se poussant du pied sous la table, en disant :

— Tonnerre ! en voilà une fameuse !

— Parfait ! faisait un autre. Du diable ! cela vaut la peine de venir tout exprès... il y a longtemps que nous n'avions vu la pareille !

Son mari remarquait tout cela d'un air sombre. Il lui donnait des coups dans les côtes en murmurant :

— Vieille bête ! que fais-tu là !

— La paix, vieil imbécile ! ripostait-elle en colère. Vois la peine que je me donne... et comme je sais bien prendre mon monde ! Par malheur ce ne sont que des gueux de ta trempe ! Laisse-moi faire... j'aurai bientôt de meilleures pratiques !

9

La salle était éclairée par une ou deux mauvaises chandelles de suif. Sali allait alors se cacher dans la cuisine sombre, et, assis sur le foyer, pleurait sur son père et sa mère.

Bientôt les habitués se fatiguèrent de la comédie que leur donnait la bonne femme. Ils allèrent dans des endroits plus gais, où ils pouvaient rire à l'aise du bizarre cabaret.

Seulement, de ci de là, se montrait quelque étranger qui buvait un verre en bâillant aux murailles, ou encore, par aventure, arrivait une bande, dont le tumulte éphémère berçait les pauvres diables d'un espoir trop vite déçu.

Ils se sentaient étouffer dans ce coin étroit. A peine s'ils apercevaient le soleil ; Manz, accoutumé à passer des journées entières dans la ville, trouvait intolérable d'être captif entre ces quatre murs. Quand il rêvait à l'horizon libre des champs, il levait les yeux au plafond, ou les baissait, roulant de noires pensées.

Souvent, il s'élançait sur le seuil étroit de sa porte, puis rentrait, devant les regards des voisins, fixés sur le « méchant cabaretier », comme on le surnommait.

Ils se trouvèrent bientôt définitivement ruinés : pour avoir quelque chose à manger, il leur fallait attendre que quelqu'un vint boire une chopine du reste de leur vin. Si on leur demandait une saucisse, ils étaient dans la plus grande détresse.

Bientôt ils n'eurent plus de vin

que dans une grande bouteille : ils
la faisaient remplir en tapinois dans
un autre cabaret.

Forcés de faire les hôteliers sans
posséder ni pain ni vin, de se montrer aimables sans avoir mangé, ils
en arrivèrent presque à souhaiter
que personne ne vînt plus. Ils
agonisaient dans leur taudis sans
pouvoir vivre ni mourir.

Lorsque la femme eût passé par
ces tristes expériences, elle quitta
le corsage vert et se corrigea. De
même qu'elle avait d'abord montré
ses défauts, elle déploya alors quelques vertus de son sexe, pratiqua
la patience, chercha à relever le
courage de son mari, à entretenir
son fils dans le droit chemin. Elle-
même se sacrifia tant qu'elle pût :
bref, elle exerça à sa manière une

sorte d'influence·bienfaisante, qui,
sans s'étendre au loin et sans pro-
duire grand bien, aida du moins à
retarder la misère. Elle donna plus
d'un bon conseil dans leurs embarras, et lorsqu'elle n'amenait
pas le résultat espéré, elle suppor-
tait sans révolte la colère de son
mari et de son fils. Elle fit enfin,
dans sa vieillesse, tout ce qu'il eût
mieux valu faire plus tôt.

Afin d'avoir au moins de quoi se
mettre quelque chose sous la dent,
et pour tuer le temps, père et fils
se mirent à pêcher à la ligne, dans
la rivière voisine : c'est la grande
affaire des Seldwylois ruinés.

Par un temps favorable, quand

le poisson mord, on les voit par
bandes partir en campagne avec la
ligne et le baquet. A chaque pas,
le long de la rivière, on rencontre
un pêcheur : l'un a une longue
redingote brune, et les pieds nus
dans l'eau ; l'autre, posté sur un
tronc de saule, le feutre penché
sur l'oreille, porte un habillement
à queue pointue ; un troisième
n'ayant plus d'autre vêtement, est
enveloppé dans une robe de
chambre râpée, à grandes fleurs,
et d'une main tient une longue
pipe, de l'autre la ligne.

En arrivant à un coude de la
rivière, on trouvait un vieil
homme chauve et bedonnant, debout sur une pierre, nu jusqu'à la
ceinture, et péchant toujours : en
dépit de leur séjour dans l'eau, ses

jambes étaient si noires, qu'il avait
l'air d'avoir des bottes.

Tous avaient un petit pot ou
une boite où grouillaient des vers
de terre, qu'ils allaient déterrer
dans leurs moments de loisir.

Lorsque le ciel était nuageux,
que l'air sombre annonçait la
pluie, ces êtres se tenaient en plus
grand nombre auprès du cours
d'eau, immobiles comme une
série de statues de saints ou de
prophètes.

Les campagnards passaient avec
leur bétail ou leurs voitures sans
faire attention à eux.

Les bateliers qui descendaient la
rivière ne les regardaient guère non
plus, mais les pêcheurs murmu-
raient sourdement contre ces ba-
teaux qui effrayaient le poisson.

Si quelqu'un avait dit à Manz,
douze ans auparavant, alors qu'il
labourait avec son bel attelage sur
la colline, qu'un jour il grossirait
le nombre de ces bizarres créatures,
il lui aurait craché au visage.
Aussi se hâtait-il de passer derrière
les autres pêcheurs, remontant le
courant comme une ombre infer-
nale qui cherche une place isolée
au bord des eaux maudites ; ni lui,
ni son fils, n'avaient assez de
patience pour rester la ligne à la
main.

Ils se souvenaient que les paysans
ont une meilleure manière de
s'emparer du poisson, en fouillant
les ruisseaux avec les mains, et ils
ne s'armaient de lignes que pour
l'apparence, remontaient le long
des ruisseaux qu'ils savaient

contenir de belles et bonnes truites.

Durant ce temps, les affaires de Marti, demeuré à la campagne, allaient de mal en pis. Il s'ennuyait affreusement. Au lieu de travailler à ses champs, il finit par se livrer également à la pêche. On le voyait barbotter dans l'eau des journées entières.

Vreeli, forcée de rester sans cesse près de lui, et de lui porter ses engins de pêche à travers prés humides, ruisseaux, flaques d'eau, par la pluie et le soleil, devait abandonner les soins essentiels du ménage. Il n'y avait personne à la maison.

....

Marti avait déjà perdu la majeure
partie de ses terres. Il ne possédait
plus que quelques champs, qu'il
cultivait à l'aide de sa fille, tant
bien que mal, ou plutôt qu'il ne
cultivait pas.

Un soir qu'il suivait le bord
d'un ruisseau rapide et assez profond, où les truites, excitées par un
ciel orageux, bondissaient nom-
breuses à la surface, il rencontra
soudain son ennemi Manz, qui
remontait l'autre rive.

En le voyant, un terrible mouvement de rage s'empara de lui.

Il y avait des années qu'ils ne
s'étaient vus de si près l'un et
l'autre, sauf à la barre du tribunal,
où ils n'osaient s'injurier.

Marti cria, plein de rage :

— Que viens-tu faire ici, chien ?

Ne peux-tu pas rester dans ton nid de canailles, gueux de Seldwylois ?

— Tu y viendras toi-même bien vite, voleur ! répliqua Manz. Tu commences déjà à pêcher, preuve que tu n'as pas gras à manger !

— Paix, gibier de potence ! cia Marti en élevant la voix, car le torrent murmurait plus haut : — C'est toi qui es la cause de mon malheur.

Comme les vieux saules du ruisseau craquaient au vent d'orage, Manz fut obligé de crier plus haut encore :

— Si c'était vrai, je m'en réjouirais, misérable bête !

— Chien ! répliqua Marti.

— Imbécile ! Crétin !

Marti, courant comme un tigre le long du ruisseau, chercha à passer de l'autre côté.

....

Ce qui le mettait en rage, c’était
la pensée que Manz, comme cabaretier, devait mener une espèce de
vie agréable, tandis que lui souffrait
affreusement de l’ennui et de la
misère, dans sa ferme solitaire.

Manz marchait aussi, très irrité,
sur l’autre rive, suivi de son fils,
qui, au lieu d’écouter cette méchante
querelle, regardait, d’un œil curieux
et surpris, Vreeli, qui venait derrière son père, baissant la tête de
honte, avec ses boucles qui lui
retombaient sur le visage.

Elle portait d’une main un seau
de bois, de l’autre, ses souliers et
ses bas. Elle avait retroussé sa robe
à cause de l’eau. Mais, depuis
qu’elle avait aperçu Sali de l’autre
côté, elle l’avait chastement rabais-
sée.

Elle se trouvait triplement char-
gée et tourmentée, ayant à porter
l'attirail, à tenir sa robe, et fort
peinée aussi de la querelle. Si elle
avait levé les yeux vers Sali, elle
eût remarqué qu'il n'avait plus
l'air bien fier, et qu'il était lui-
même fort chagrin.

Mais, Vreeli, humiliée, regardait à terre, et Sali n'avait d'yeux
que pour cette apparition si élégante et si charmante dans sa
misère.

Ils ne virent par leurs pères,
plus exaspérés quoique silencieux,
se diriger au plus vite vers un petit
pont de bois qui traversait le ruisseau et qu'ils venaient de décou-
vrir.

L'orage commençait à illuminer
le sinistre marécage ; il grossissait

derrière les lourdes nuées ; de grosses gouttes de pluie tombaient.

Les deux ennemis, furieux, s'élancèrent sur l'étroit pont vacillant. Ils se saisirent, se frappèrent du poing dans leur figures pâles, tremblantes de colère.

C'est toujours un triste spectacle que celui de deux hommes, souvent indifférents l'un à l'autre, aveuglés par la colère ou forcés de se défendre, donner et recevoir des coups ; mais ce n'est rien auprès de la misérable haine qui jétte deux vieillards, deux anciens amis, après toute une vie de haine et de malheur, les poings fermés l'un sur l'autre.

Il y avait quarante ans peut-être que ces deux hommes blanchissants s'étaient frappés pour la der-

nière fois, en écoliers. Depuis lors,
leurs mains ne s'étaient touchées
que pour un serrement amical.

Après s'être frappés une ou deux
fois, ils s'arrêtèrent, frémissants,
grondant sourdement en grinçant
des dents. Ils cherchaient à se jeter
dans l'eau par-dessus le frêle
parapet.

C'est en ce moment que leurs
enfants approchèrent assez pour
voir l'affreuse lutte.

Sali s'élança près de son père,
pour l'aider à en finir avec son
ennemi, qui semblait d'ailleurs le
plus faible, et pliait. Mais Vreeli,
jetant tout ce qu'elle avait dans les
mains, accourut aussi avec un grand
cri d'angoisse. Elle entoura son
père de ses bras, pour le protéger,
et ne réussit qu'à paralyser ses

d'un bras vigoureux, chercha à lui
faire lâcher prise.

Il y eut un moment de répit.
Les adversaires cherchaient en vain
à se débarrasser l'un de l'autre, et
les jeunes gens, en s'opiniâtrant à
séparer leurs pères, avaient fini
par se trouver en contact. La
clarté du crépuscule montra à Sali
le beau visage de la jeune fille tout
proche du sien. Vreeli vit la surprise charmée de Sali, lui sourit
fugitivement parmi ses larmes et
sa crainte.

Cependant Sali fut rappelé à lui
par les efforts de son père pour se
délivrer. Il parvint, par sa fermeté

....

et ses prières, à lui faire lâcher
Marti.

Les deux vieillards soufflaient
péniblement. Ils reprirent leurs
cris et leurs injures, mais en se
détournant l'un de l'autre.

Leurs enfants, oppressés, dans
un silence de mort, s'étreignirent
furtivement de leurs mains humides
et refroidies par l'eau et la pêche,
sans être vus de leurs pères, et se
quittèrent.

Tandis que les adversaires irrités
partaient chacun de leur côté, les
nuages avaient grossi. Le ciel
s'obscurcit encore, la pluie commença à tomber, torrentielle. Manz

précédait son fils sur la route ténébreuse et humide, la tête baissée sous l'orage, les mains dans ses poches. Ses joues tremblaient encore convulsivement, ses dents claquaient, des larmes silencieuses coulaient sur sa barbe, sans qu'il les essuyât, de crainte qu'elles ne fussent vues. Mais son fils ne s'apercevait de rien. Il était plongé dans une ensorcelante extase. Il ne remarquait ni pluie ni tempête, ni obscurité, ni misère. Il se sentait léger, dans la chaleur et la lumière, aussi riche, aussi d'aplomb qu'un fils de roi. Il revoyait continuellement le sourire fugitif du beau visage tout près du sien. Il y répondait à présent, en souriant avec amour. Dans la nuit et l'orage, ces traits charmants le

poursuivaient : il lui semblait que
Vreeli, là-bas, dans l'ombre, devait voir et sentir à son tour cette
réponse à son sourire.

III

Le jour suivant, le père de Sali,
brisé, ne voulut pas sortir. La
misère prit, pour la première fois,
une forme tangible. Il sembla
qu'elle vint s'asseoir en silence
dans l'atmosphère asphyxiante du

....

petit cabaret : mari et femme con-
templaient le spectre avec un morne
effroi, le fuyaient dans les cham-
brettes sombres, dans la cuisine,
pour revenir péniblement dans la
salle où nul client ne se montrait
plus. Réfugiés finalement dans un
coin, ils commençaient une querelle
avec lassitude, s'endormant par
intervalles, réveillés en sursauts
par des rêves pénibles.

Sali ne voyait ni n'entendait. Il
lui était impossible de penser à
autre chose qu'à Vrecli. Il rêvait
qu'il était immensément riche, et
qu'il avait appris une infinité
d'heureuses, bonnes et belles choses
dans la courte entrevue de la veille.
C'était comme une science tombée
du ciel, qui le plongeait dans un
ravissement toujours renaissant, et

cependant il lui semblait avoir de
tout temps goûté et connu ces
choses merveilleuses. Rien n'égale
l'opulence et la grandeur des joies
qui nous arrivent sous les traits
d'une figure charmante, baptisée
d'un nom connu, qui alors ne
ressemble à aucun autre nom. Cette
chose délicieuse contient le mystère
et la révélation, le bonheur de
toute la vie, l'institution de la
famille, les liens les plus chers des
hommes. C'est la fleur du printemps dont le fruit donnera une
heureuse famille. Certaines plantes
fleurissent deux, trois et quatre fois
avant de donner leur fruit ; la
sagesse, divine ou naturelle, fait
que la dernière fleur semble toujours la plus douce. Œuvre de la
nature ou volonté divine, c'est ici

une chose bonne et salutaire. Mais telles plantes ne fleurissent qu'une fois. Leur fleur unique est brisée par l'orage, tuée par le gel ou gâtée par des pluies, sans avoir pu donner son fruit. Quelques-unes fleurissent dans le désert ou sur une mare solitaire : elles ne portent qu'une baie sauvage et amère ! Car les bons fruits mûrissent en société : l'épi se dore auprès de l'épi, le raisin croît en grappe. Qu'elles aient ou non fructifié, qu'on les ait admirées ou dédaignées, ces plantes n'en ont pas moins fleuri, faisant le printemps beau, quelque moisson qu'il donne.

Et Sali, ce jour-là, n'était ni malheureux, ni ennuyé, ni pauvre. Uniquement occupé à se rappeler l'image de Vreeli, les heures s'écoulaient fugitives et inaperçues, tant que cette exaltation finit par rendre incertaine et flottante la forme de son rêve. Il lui semblait ne plus savoir, en vérité, quelle figure elle avait : il n'en avait retenu qu'une image totale qu'il eût été impuissant à décrire par le menu.

Pourtant, cette image flottait continuellement devant lui. Il en subissait toute la gracieuse influence : tel un objet aperçu une fois dont on demeure fasciné sans encore l'avoir défini. Au contraire, il se souvenait avec précision et plaisir des traits de la petite fille d'autrefois, ce qui rendait plus étrange le souvenir confus de ceux qu'il avait vus la veille.

Peut-être que s'il n'avait jamais

....

dû revoir Vreeli, sa mémoire aurait retracé fidèlement le visage
aimé, trait à trait : en ce moment
elle s'y refusait obstinément et les
yeux réclamaient le retour de leur
plaisir. Aussi, l'après-midi, alors
que le soleil illuminait gaiement
les faites des grises maisons de
Seldwyla, Sali se glissa dehors.

Il marcha vers son ancien village,
qui lui apparaissait comme la Jéru-
salem céleste avec ses douze portes
étincelantes. Et il s'approchait le
cœur tremblant.

Sur la route il rencontra le père
de Vreeli, qui suivait le chemin
de la ville. Il avait l'air sauvage
et désordonné. Sa barbe grise
n'avait point été faite depuis des
semaines, il ressemblait à ces mauvais paysans qui, après s'être ruinés,

s'en vont tenter de faire mal aux
autres. Sali ne le regarda plus avec
haine, mais avec crainte plutôt,
avec effroi, comme si sa vie était
entre les mains de cet homme, et
qu'il eût préféré devoir cette vie à
la pitié plutôt que de la lui disputer de force.

Marti le fixa d'un regard méchant, et continua son chemin.

Sali n'en fut pas fâché ; c'est en
voyant le vieillard s'éloigner du
village, qu'il comprit bien ce que
lui-même y allait chercher. Il prit
les vieux sentiers connus, détour-
nés, déserts, et arriva devant la
maison de Vreeli.

Que d'années il n'avait pas vu
ce lieu de si près ! Même lorsqu'il
habitait encore le village, les deux
familles s'évitaient avec opiniâtreté.

....

Il fut tout surpris de retrouver ce
qu'il avait vu dans la maison de son
père, il contempla avec stupéfaction
la désolation de l'endroit. On avait
successivement enlevé à Marti
chaque pièce de terre. Il ne lui
restait que la maison avec la cour
et le jardin, et le champ sur la
colline, près de la rivière, qu'il
s'entêtait à garder.

Il ne pouvait plus être question,
chez Marti, de culture suivie. Ce
champ où jadis, les épis ondoyaient
si gracieusement en longues vagues
à l'époque des moissons, n'était
plus semé que de toutes espèces
de vieilles graines de rebut avec ses
compartiments de raves, de choux
et de pommes de terre ; il semblait
quelque potager en désordre,
trop clairement tenu par des gens

vivant au jour le jour, ne prenant avec la main que pour porter à la bouche, un jour arrachant une poignée de raves pour satisfaire leur fringale, et le lendemain une corbeille de choux ou de pommes de terre. Le surplus croissait ou pourrissait à la grâce de Dieu. Tout un chacun passait à sa guise sur cette terre, qui semblait maintenant un champ sans maître.

Près de la demeure même, pas la moindre tentative de culture. L'écurie était vide, sa porte tenait à un gond. Un peuple de toiles d'araignées, élargies durant l'été, luisaient au soleil devant l'entrée sombre. La grange était ouverte aussi : on apercevait, accrochés à la porte, quelques mauvais engins de pêche. Ni une poule, ni un pigeon, dans la cour, ni un chien, ni un chat. Seule, la fontaine donnait encore quelque aspect de vie. Toutefois l'eau ne coulait plus par le tuyau ; elle s'échappait d'une fente et formait de petites mares. Le vieux Marti n'eût guère eu de peine à boucher le trou et à raccommoder le tuyau. Il préférait laisser sa fille se fatiguer pour un peu d'eau pure et laver le linge dans les mares stagnantes, près de l'auge vide fendue par l'aridité.

La maison n'avait pas moins de tristesse. Ses vitres étaient brisées en beaucoup d'endroits. Étayées avec du papier, elles étaient encore la seule chose gaie au sein de cette ruine. Les carreaux, bien lavés et polis, jetaient une vive clarté comme les yeux de Vreeli. Unique parure de la pauvreté, comme les boucles de la chevelure et le fichu de coton rouge qui entouraient ses beaux yeux, telle croissait autour des vitres brillantes toute une végétation sauvage, une forêt de giroflées odorantes et de haricots.

Ceux-ci, tant bien que mal, s'attachaient à quelque manche de râteau ou de balai fiché en terre, à une vieille hallebarde dévorée de rouille, que le grand-père de Vreeli, en sa qualité de maréchal-des-logis, avait jadis portée. Tristesse de la destinée : la misère avait fait de l'arme une perche de haricots! Ceux-ci montaient gaiement aussi, au long d'une échelle cassée, immobilisée contre la muraille depuis des années, et pendillaient de là devant les petites croisées, comme

les cheveux frisés de Vreeli retom-
bant sur ses yeux.

Cette ferme délabrée, faite plutôt
pour tenter le pinceau d'un peintre
que pour le ménage d'un paysan,
se trouvait un peu à l'écart des
autres maisons. On n'y voyait pas
en ce moment âme vivante. Sali
put donc s'appuyer en toute sécurité
contre une vieille petite grange, à
trente pas de là. Il se mit à regarder
obstinément la maison silencieuse.

Il était déjà depuis quelque temps
dans cette attitude, quand Vreeli
parut sur le seuil de la porte. Elle
regardait vaguement devant elle,
comme abîmée dans ses réflexions.

Sali ne bougea pas et ne détourna
pas les yeux. A la fin, elle, de son
côté, l'aperçut. Ils s'épièrent quelques instant l'un l'autre, comme

....

s'ils eussent contemplé une apparition. Sali, enfin, se dressa et, traversant lentement la rue et la cour, alla droit à Vreeli.

Lorsqu'il fut près d'elle, la jeune fille lui tendit les mains, disant :

— Sali !

Il prit ses petites mains et continua à la regarder fixement. Les yeux de Vreeli s'emplirent de larmes. Elle rougit vivement sous le regard du jeune homme.

— Que veux-tu ? demanda-t-elle.

— Rien autre que te voir, répondit-il. Ne pouvons-nous plus être amis comme autrefois ?

— Et nos parents ?...

Elle détourna son visage en pleurs, n'ayant pas ses mains libres pour l'y cacher.

— Est-ce notre faute s'ils se sont

fait du mal, et s'ils sont ennemis ?
reprit Sali. Peut-être pouvons-nous
réparer le mal en nous unissant,
et en nous aimant bien.

— Non, cela ne s'arrangera
jamais, répliqua Vreeli avec un
profond soupir. Au nom de Dieu,
Sali, suis ton chemin !

— Es-tu seule ? demanda-t-il,
puis-je entrer un moment ?

— Mon père s'est rendu à la
ville, à ce qu'il m'a dit, pour jouer
un méchant tour au tien, mais
pourtant tu ne peux pas entrer,
parce que, plus tard, tu ne sortirais
sans doute pas sans être vu. A
présent tout est tranquille et personne n'est dans la rue : je t'en prie,
pars !

— Non, je ne m'en irai pas
ainsi... Je n'ai fait que penser à

toi, depuis hier, et je ne partirai pas avant que nous ayons causé au moins une demi-heure ou une heure... Cela nous fera du bien.

Vreeli réfléchit une minute, puis elle reprit :

— Vers le soir j'irai dans notre champ... Tu sais lequel, nous n'en avons plus d'autre... pour y chercher quelques légumes... Il n'y aura personne, car on moissonne d'un autre côté. Si tu le veux, tu peux y venir. A présent va-t'en et prends bien garde qu'on ne te voie. Quoique personne ne vienne plus chez nous, on bavarderait... Mon père l'apprendrait tout de suite.

Ils se lâchèrent les mains et les reprirent aussitôt. Tous deux dirent au même moment :

— Et comment cela va-t-il ?

....

Au lieu de répondre, ils s'adressèrent une seconde fois la même question : la réponse ne vint que dans leurs yeux. Selon l'habitude des amoureux, ils ne trouvaient plus de paroles. Sans ajouter un mot, ils se séparèrent, moitié tristes, moitié radieux.

— Je viendrai bientôt. Va m'attendre au champ! cria de loin Vreeli.

Sali marcha vers la colline charmante et paisible, où les trois champs s'étendaient côte à côte. Le merveilleux soleil de juillet, les nuages vagabonds, jetant leur ombre sur les blés mûrs, la rivière argentée, tout ce doux spectacle, pour la première fois depuis bien des années, l'emplit d'une impression de bonheur et de sérénité. Il se coucha à l'ombre du blé, qui confinait au champ sauvage de Marti, laissant ses yeux errer dans le ciel bleu.

Un quart d'heure s'écoula, qu'il passa tout entier à rêver à Vreeli et à son bonheur. Il fut tout étonné quand elle se présenta devant lui, avec son doux sourire. Il se releva en sursaut, et, plein d'allégresse :

— Vreeli !, s'écria-t-il.

Elle lui donna en souriant les deux mains. Ils se mirent à marcher, se tenant par la main, le long du blé frissonnant, descendirent jusqu'à la rivière et revinrent en se parlant à peine. L'heureux couple montant et descendant en silence la colline, sous les rayons du soleil, semblait, ainsi que jadis leurs pères conduisant la charrue,

....

quelque constellation se levant et disparaissant à l'horizon.

Tout à coup, en relevant leurs yeux des bluets en fleurs, ils virent devant eux un individu sombre et noir, qui semblait sortir de terre. Sans doute il s'était couché dans les blés. Vreeli tressaillit, et Sali murmura d'un air effrayé :

— Le ménétrier noir !

Effectivement, l'homme qui marchait devant eux portait sous le bras un violon avec son archet, Son extérieur était suffisamment noir pour justifier l'épithète.

Feutre noir, blouse noire couverte de suie, cheveux noirs comme du charbon, barbe noire et inculte, figure et mains noires ; il faisait toute espèce de métiers, raccommodait les casseroles, aidait

les charbonniers dans les bois et
jouait du violon dans les occasions
importantes, quand les paysans
célébraient quelque fête ou quelque
événement.

Sali et Vreeli marchaient tout
doucement derrière lui, espérant
qu'il quitterait le champ et dispa-
raîtrait sans s'être retourné. Le
ménétrier paraissait ne pas les avoir
remarqués. Ils n'osaient abandonner l'étroit sentier et suivirent
involontairement l'étrange compagnon jusqu'au bout du champ. Là
se dressait le fatal monceau de
pierres qui couvrait toujours le
terrain litigieux. Il y poussait une
quantité extraordinaire de pavots
et de coquelicots. Le petit mon-
ticule en était tout empourpré.
Brusquement, le ménétrier noir

sauta d'un bond sur les pierres. Il
se retourna, regarda tout autour de
lui. Le jeune couple s'arrêta, leva
timidement les yeux sur l'homme
noir. Ils ne pouvaient passer outre,
car le chemin conduisait au village.
D'autre part ils n'osaient revenir
sur leurs pas. Il les regarda fixement et cria :

— Je vous connais ; vous êtes
les enfants de ceux qui m'ont volé
ce champ ! Je suis heureux de voir
comment vous avez prospéré ! Et
je crois que je vous verrai encore
prendre avant moi le chemin de
tout être. Regardez-moi, mes petits
moineaux. Mon nez est-il à votre
goût, dites ?

Il avait un nez formidable qui
s'élevait comme une grande équerre
dans le visage noir et sec. Ou, en-

core, on eût dit un nœud de bâton qu'on lui aurait jeté dans la figure. Une toute petite bouche s'ouvrait dessous et s'agitait de façon singulière, toussant, soufflant sans cesse. Fantastique se dressait son chapeau de feutre, si bizarrement bossué, qu'il semblait à toute minute changer de forme. On ne voyait presque que le blanc de ses yeux, ses prunelles erraient toujours de côté et d'autre, avec la rapidité de l'éclair, sautaient comme deux lièvres.

— Oui, regardez-moi, poursuivit-il, vos pères me connaissent bien ! Tout le monde au village, rien qu'à mon nez, sait qui je suis. Il y a quelques années, on a fait publier qu'une certaine somme avait été déposée au tribunal pour l'héritier de ce champ. J'y suis allé vingt fois. Mais je n'ai ni extrait de baptême, ni acte d'origine. Le témoignage de mes amis les bohémiens, qui m'ont vu naître, n'a aucune valeur en justice. Le délai est maintenant depuis long-temps écoulé, et je perds cette pauvre somme avec laquelle j'aurais pu émigrer. J'ai supplié vos parents de reconnaître que j'étais bien le véritable héritier. Ils m'ont chassé de leurs demeures et voici qu'ils sont installés eux-mêmes au diable. Ainsi va le monde, ça m'est m'est égal : je vous jouerai tout de même du violon si vous voulez danser !

Disant ces derniers mots, il franchit le monceau de pierres, et se dirigea vers le village, où la ren-

trée de la moisson devait donner
lieu, ce soir-là, à des réjouissances.
Lorsqu'il eût disparu, les amoureux s'assirent tout émus sur les
pierres. Leurs mains enlacées se
quittèrent. Ils s'appuyèrent tristement sur leurs coudes. L'apparition et les paroles du musicien
les avaient arrachés à l'heureuse
insouciance où ils s'étaient com-
plus comme deux enfants. Ils se
retrouvèrent sur la dure terre de
de leur misère ; la joyeuse lumière
de la vie s'obscurcit en eux, leurs
cœurs furent lourds comme des
pierres.

Soudain, Vreeli se rappelant la
figure hétéroclite et le grand nez
du ménétrier, éclata de rire malgré
elle.

— Le pauvre homme est vrai-

....

ment bien drôle. Quel nez terrible !

Une charmante gaieté, comme un rayon de soleil se répandit sur le visage de la jeune fille. Sali la regarda. Déjà elle avait oublié la cause de son hilarité. Elle n'en continua pas moins de rire au nez de Sali. Il se mit à rire aussi, déconcerté et surpris, et la contemplant avec les yeux d'un homme affamé qui voit un pain appétissant, il s'écria :

— Seigneur, ma Vreeli que tu es belle !

Elle n'en rit que plus fort. Son rire sonore, vibrant, musical, parut au pauvre Sali le chant du rossignol.

— Jolie Sorcière ! s'écria-t-il, où as-tu appris cela ! Quel art diabolique pratiques-tu là ?

— Ah! mon Dieu, dit Vreeli d'une voix tendre en prenant la main de Sali, il n'y a rien là de diabolique! Voilà si longtemps que je désirais rire. Parfois je riais toute seule, mais cela allait mal. A présent je voudrais toujours rire quand je te vois, et je voudrais te voir éternellement! M'aimes-tu un petit peu?

— O Vreeli! dit-il en la regardant passionnément dans les yeux. Jusqu'à présent, jamais je n'ai regardé de jeune fille. Il me semblait qu'un jour je devais t'aimer! Involontairement et sans savoir comment, j'ai toujours pensé à toi!

— Moi aussi!... Et bien plus que toi à moi, car tu ne m'as jamais regardée, tu ignorais comment j'étais devenue : moi, je te voyais souvent de loin, et même, souvent de très près, en cachette. J'ai toujours su la figure que tu avais. Te rappelles-tu combien de fois nous sommes venus ici quand nous étions enfants, te souviens-tu de la petite voiture ? Comme nous étions petits alors ! Qu'il y a long-temps ! On croirait vraiment que nous sommes déjà bien vieux !

— Quel âge as-tu à présent ? demanda Sali. Tu dois avoir environ dix-sept ans ?

— J'ai dix-sept ans et demi fit Vreeli, et toi, quel âge as-tu ? Ah ! je le sais : tu dois avoir vingt ans.

— Comment le sais-tu ? demanda Sali.

— Tu voudrais bien que je te le dise ?

— Tu ne veux donc pas que je
le sache?

— Non !

— Véritablement ?

— Non, non !

— Il faudra bien me le dire !

— Voudrais-tu m'y forcer ?

— C'est ce que nous allons
voir !

Sali cherchait seulement un pré-
texte pour presser la jeune fille de
caresses maladroites, en guise de
punition. Elle se défendit, tout en
se prêtant, avec une grande indul-
gence, à ces propos incohérents,
qui leur paraissaient spirituels ,et
doux. A la fin, Sali, emporté,
s'enhardit, s'empara des deux mains
de Vreeli, et la poussa parmi les
pavots. A demi-couchée, elle cli-
gnait les yeux au soleil. Ses joues

brûlaient ; sa bouche, entr'ouverte,
laissait voir deux rangs de dents

blanches et brillantes. Les regards
de leurs prunelles se confondaient.
Le jeune sein de Vrccli palpitait
avec force sous la pression des

quatre mains combattantes... Sali
était ravi de voir cette belle et
svelte créature si proche, de la
sentir à lui : il lui semblait en ce
moment posséder un royaume.

— Tu as maintenant toutes tes
jolies dents, dit-il en riant. Te
rappelles-tu comme nous les avons,
comptées, jadis ? Sais-tu compter
maintenant ?

— Ce ne sont plus les mêmes,
Sali, dit Vreeli. Les autres sont
tombées depuis longtemps !

Sali, dans sa candeur, voulait
recommencer le jeu puéril et
compter les perles brillantes. Mais
Vreeli ferma soudain sa bouche
rose, se redressa, et s'amusa à
tresser une couronne de coquelicots
qu'elle se plaça sur la tête. La
couronne était grande et pleine.

....

Sous cette parure, la brune jeune
fille était étrangement belle, et
l'indigent Sali tenait entre ses
bras ce que des riches eussent payé
cher pour l'avoir seulement en
peinture, dans leur salon.

Brusquement elle se leva en
s'écriant :

— Ciel ! qu'il fait chaud ici !
Nous restons là follement à griller
au soleil ! Viens, mon Sali, nous
allons nous asseoir parmi les
blés !

Ils se glissèrent dans les blés si
adroitement et si doucement, qu'ils
laissèrent à peine une trace. Ils se
firent une étroite prison des épis
dorés qui dominaient, de haut,
leurs têtes... D'entre les sillons
où ils étaient assis, ils n'apercevaient que le bleu du ciel au-

dessus d'eux : le reste du monde
avait disparu. Ils s'embrassèrent,
enlacés, jusqu'à ce qu'ils en fussent
fatigués, si l'on peut parler ainsi
du baiser des amoureux, suspendu
une ou deux minutes et faisant
pressentir déjà la fin fatale de
toutes choses au sein même des
griseries de la vie en fleurs.

Ils écoutaient chanter les alouettes, dans l'azur, au-dessus d'eux.
Ils les cherchaient de leurs yeux
perçants, et lorsqu'ils croyaient en
avoir vu une luire au soleil et
disparaître comme une étoile filante
dans le ciel bleu, ils se donnaient
un baiser pour récompense et cherchaient l'un l'autre à s'attraper en
trichant le plus possible.

— Vois-tu celle qui vole là-bas ?
disait Sali à demi-voix.

Et Vreeli répondait en chuchotant :

— Je l'entends chanter, mais je ne la vois pas.

— Regarde bien, c'est là, à droite du petit nuage blanc.

Tous deux regardaient avec vivacité. Ils ouvraient leurs bouches comme de petites cailles au nid, pour les presser ensuite l'une contre l'autre, quand ils croyaient avoir vu les alouettes.

Subitement Vreeli s'arrêta :

— Ainsi, il est bien entendu que chacun de nous a son trésor, n'est-ce pas ?

— Oui, dit Sali, il me le semble bien !

— Comment te plaît ton petit trésor ? dit Vreeli. Comment est-il fait. Qu'as-tu à en dire ?

— Mon trésor est tout gracieux :
il a deux yeux noirs, une bouche
rose, court sur deux jambes.
Quant à sa pensée, je la connais
moins que je ne connais le pape de
Rome ! Et toi, qu'as-tu à nous
dire de ton trésor ?

— Il a deux yeux bruns, une
bouche inutile, deux bras forts et
hardis, et ses idées me sont plus
inconnues que l'empereur des
Turcs.

— Nous nous connaissons moins
que si nous ne nous étions jamais
-vus, c'est pourtant vrai, dit Sali.
Le temps nous à fait étrangers l'un
à l'autre ! Qu'est-ce qui s'est passé
dans cette petite tête, ma chérie ?

— Ah ! pas grand chose ! Mille
folies ont voulu s'y établir — mais

j'ai toujours eu tant de peines,
qu'elles n'ont pu venir à bien !

— Pauvre petit trésor ! Mais je
crois que tu as plus de malice qu'il
ne semble, n'est-ce pas ?

— C'est ce dont tu feras l'expé-
rience peu à peu, si tu m'aimes
bien.

— Quand tu seras ma femme.

A ces mots, Vreeli se mit à
trembler un peu, et se réfugia
davantage dans les bras de Sali, en
lui donnant un long et tendre
baiser. Les larmes lui vinrent aux
yeux. Tous deux retrouvèrent soudain, devant eux, l'avenir sans
espoir et l'inimitié de leurs parents.
Vreeli soupira :

— Allons, à présent il faut que
je parte !

Ils se levèrent. Ils sortaient du

champ de blé en se tenant la main
quand, soudain, ils se trouvèrent
en présence du père de Vreeli.

Avec la malveillante curiosité
des gens misérables, Marti, après
sa rencontre avec Sali, s'était de-
mandé ce que celui-ci venait faire
au village. A force de chercher,
tout en marchant, et se rappelant
l'aventure de la veille, il arriva à
l'hypothèse qui se trouvait être la
vérité. Ses soupçons se furent à
peine fixés, qu'il s'arrêta brusquement dans les rues de Seldwyla,
retourna sur ses pas et revint au
plus vite au village. Il chercha
vainement sa fille par toute la
maison, et, sa curiosité croissant,
il courut à son champ, y vit la
corbeille de Vreeli, qu'elle avait
abandonnée par terre, et se mit à

épier les blés de son voisin. Il était
là depuis un instant, en sentinelle,
quand les jeunes gens se mon-
trèrent. Ils s'arrêtèrent comme pé-
trifiés : Marti demeura lui-même
immobile, blanc de rage, leur lançant des regards mauvais. Enfin, il
éclata en injures et en menaces, il
s'élança sur le jeune homme avec
fureur, comme pour l'étrangler.
Sali évita le choc, et recula, redou-
tant cette fureur, puis il revint sur
ses pas, frémissant lui-même de
colère en voyant le vieux paysan
saisir sa fille tremblante, lui donner un coup qui fit tomber la couronne rouge, tordre les cheveux
noirs autour de ses mains pour
la traîner. Dans un élan irré-
fléchi, Sali ramassa une pierre et,
moitié crainte pour Vreeli, moitié

fureur, il la jeta à la tête de Marti ;
le vieillard chancela et tomba évanoui sur le monceau de pierres,
entraînant sa fille, qui poussait des
cris déchirants.

Sali dégagea les cheveux de
Vreeli des mains du père évanoui,
et la releva. Ensuite il demeura
comme une statue, sans mouvement et sans pensée. Lorsque la
jeune fille vit son père, gisant
comme mort, elle posa les mains
sur sa figure toute pâle et, tremblante de tous ses membres, elle
dit :

— C'est toi qui l'as frappé ?
Sali fit signe que oui.

— Dieu ! grand Dieu ! c'est mon
père ! Le malheureux !

Affolée, elle se jeta sur son père
et lui souleva la tête, d'où ne cou-

lait point de sang. Sali s'agenouilla
de l'autre côté. Tous deux, dans
un profond silence, n'osant, re-
muer, regardèrent la figure sans
vie du vieillard. Sali, pour rompre
ce pénible silence, dit :

— Il ne peut pas être mort
ainsi... C'est impossible !

Vreeli arracha une feuille de
coquelicot, la posa sur les lèvres
blanches de son père ; la feuille
vacilla faiblement.

— Il respire encore, s'écria-
t-elle ; cours au village, va chercher du secours !

Lorsque Sali se fut levé, elle lui
tendit la main, disant :

— Hâte-toi, mais ne reviens
pas avec les autres. Ne dis pas
comment c'est arrivé ; je me tairai :
on ne saura rien par moi.

Puis, tournant vers le pauvre Sali, plein d'angoisse, un visage baigné de larmes :

— Viens, embrasse-moi encore une fois ! Non, non, pars ! C'est fini... fini à jamais ! Nous ne devons plus nous revoir !

Elle le repoussa ; il s'enfuit machinalement au village. Il rencontra un petit garçon qui ne le connaissait pas. Il le chargea d'aller chercher du secours au plus vite, en lui indiquant l'endroit où l'on en avait besoin. Puis il s'enfuit, désespéré, et il erra toute la nuit dans le bois. Le matin, il revint par les champs pour tâcher d'apprendre ce qui s'était passé. Il entendit dire, par les laboureurs, que Marti vivait encore, mais qu'il délirait, et qu'il était extraor-

17

dinaire que personne ne pût dire
ce qui lui était arrivé. Il retourna
alors lentement à Seldwyla, dans
la noire misère de la demeure
paternelle.

IV

Vreeli tint parole : personne ne
put rien apprendre d'elle, sinon
qu'elle avait trouvé son père ainsi
qu'on l'avait raconté. Comme le
jour suivant, Marti bougeait et
respirait librement, quoique tou-

jours sans conscience, que d'ailleurs on ne pouvait accuser personne, on crut qu'il avait été ivre et qu'il avait fait une chute sur les pierres. La chose en resta là. Vreeli soignait son père en fille dévouée. Elle ne quittait guère son chevet que pour aller chercher des remèdes chez le médecin, et pour se faire quelque mauvaise soupe. Elle vécut quasi de rien, quoique veillant nuit et jour, et que personne ne l'aidât. Près de six semaines s'écoulèrent avant que le malade reprit un peu de connaissance. Encore que, depuis assez longtemps, il pût manger, et qu'il fût même plutôt gai, il ne recouvra pas la raison. Sitôt qu'il parla, on comprit qu'il était tombé en enfance. Il ne se souvenait plus que

très confusément du passé, et son
souvenir était fait de choses amu-
santes, qui ne le concernaient point
personnellement. Il riait aux éclats,
follement, toujours de bonne humeur. Encore alité, il lançait mille
absurdes saillies, grimaçait, enfon-
çait son bonnet de laine noire
jusque sur son nez, qui avait l'air
d'un petit cercueil sous un drap
mortuaire. La pauvre Vreeli, pâle
de chagrin et de lassitude, l'écou-
tait avec patience, versant des larmes sur cette folie qui lui faisait
plus mal encore que l'ancienne
méchanceté de son père. Pourtant, si Marti se livrait à des
excentricités par trop comiques,
elle ne pouvait s'empêcher d'écla-
ter de rire. Son naturel, contraint,
était comme un arc tendu prêt à

partir ; elle n'en retombait que plus pesamment dans sa tristesse.

Enfin, Marti put se lever : il avait perdu toute raison, il ne faisait que des folies. Il courait et fouillait par toute la demeure, allait s'asseoir au soleil en tirant la langue, tenait de longs discours aux carrés de haricots, et riait continuellement. A cette époque aussi, c'en fut fait des dernières miettes du patrimoine. On vendit juridiquement la maison et le dernier champ hypothéqués. Le même paysan qui avait acquis les champs de Manz, profita de l'état de Marti pour reprendre âprement la vieille dispute pour le coin de terre. La perte du procès mit finalement sur le pavé le malheureux Marti. Par bonheur, sa fille lui avait fait tout oublier ; on le mit, aux frais de la commune, dans un hospice du chef-lieu, destiné aux pauvres diables.

Avant son départ, on fit manger encore une fois le pauvre fou, qui avait toujours bon appétit, puis on le chargea sur une charrette attelée d'un bœuf. Un paysan le mena à la ville, dans l'intention d'y vendre, par la même occasion, une couple de sacs de pommes de terre. Assise à côté de son père, Vreeli l'accompagnait dans ce voyage, jusqu'au sépulcre où il allait entrer vivant. Le trajet fut douloureux.

Elle veilla respectueusement sur son père, sans impatience, sans ennui, lorsque les folies du malheureux attiraient l'attention mal-

18

veillante des gens. On poursuivait
la charrette, partout où elle passait.
Enfin, on arriva à la ville, puis au
vaste hospice dont les longs corri-
dors, les cours et le jardin abri-
taient un grand nombre d'aliénés.
Ils étaient revêtus d'une blouse
blanche, coiffés d'un épais bonnet
de cuir. Marti endossa ce même
costume devant les yeux de sa
fille. Il montra une joie d'enfant
et se mit à danser et à chanter :

— Je vous souhaite le bonjour,
Messieurs ! cria-t-il à ses nouveaux
compagnons. La belle maison que
voici ! Retourne-t-en, Vreeli, et
dis à la mère que je ne reviendrai
plus, que je me plais ici. Vivat !
Pars-tu déjà, Vreeli ? Tu as vraiment l'air d'un diable dans un

bénitier ! Quand à moi, je me sens
plein de joie !

Il recommença à chanter à gorge
déployée : un surveillant lui im-
posa silence en lui confiant une
occupation facile. Vreeli retourna
chercher sa voiture. Elle y mangea
un morceau de pain et s'endormit,
jusqu'à l'heure où le paysan vint
pour la ramener au village. Ils n'y
parvinrent que le soir : Vreeli
rentra dans la ferme où elle était
née, et où il ne lui était plus permis que d'habiter deux jours. Pour
la première fois, elle s'y trouva
absolument seule. Elle alluma du
feu pour se faire un peu de café,
s'assit près du foyer, le cœur
triste. Elle souhaita ardemment
voir Sali une seule fois encore : le
malheur jetait son amertume sur

ce vœu, et l'amertume augmentait
le malheur. Tandis qu'elle était
ainsi assise, le front dans ses
mains, elle entendit quelqu'un
entrer par la porte ouverte.

— Sali ! s'écria-t-elle en levant
les yeux et se jetant à son cou.

Puis ils se regardèrent craintive-
ment, en murmurant ensemble :
« Que tu as mauvaise mine ! »
Sali était aussi pâle et aussi las
que la jeune fille. Elle l'attira près
du foyer et demanda :

— Tu as donc été malade, ou
bien chagriné ?

— Non, répondit Sali. Je n'ai
en vérité été malade que du besoin
de te voir ; on mène à présent vie
joyeuse à la maison. Mon père a
une clientèle de rôdeurs et de
contrebandiers. Je soupçonne qu'il

s'est fait recéleur. C'est pourquoi
il y a foule dans notre cabaret, en
attendant que cela finisse par un
malheur. Ma mère, dans son désir
de voir un peu de bien-être chez
nous, accepte cette situation : elle
croit lutter contre le mal par de
l'ordre et de la vigilance, et nul ne
s'inquiète de moi. Hélas ! je n'ai pas
non plus beaucoup pu m'occuper
d'eux : je ne fais que penser à toi nuit
et jour. Comme il vient chez nous
cent espèces de vagabonds, j'ai su
jour par jour ce qui se passait ici.
Mon père s'en réjouissait comme
un enfant. On nous a aussi appris
que ton père a été emmené à l'hospice. Alors j'ai pensé que tu serais
seule, et je suis venu te voir.

Vreeli lui conta alors tout ce
qu'elle avait souffert pendant cette

longue absence, Son ton était
joyeux et vif, comme si elle eût
plutôt parlé d'un bonheur. C'est
qu'elle était heureuse de voir Sali
près d'elle.

A grand peine elle avait fait un
vase plein de café chaud. Elle voulut
qu'il le partageât avec elle.

— Alors c'est après-demain qu'il
faut que tu partes ? demanda Sali.
Mon Dieu ! que vas-tu devenir?

— Je l'ignore, dit Vreeli. Il
faudra bien que j'entre en service
et que je coure le monde : mais je ne
pourrais vivre sans toi ! Cependant
je ne t'aurai jamais, quand même
tout ne se serait pas ligué contre
nous, car c'est toi qui as fait perdre
la raison à mon père. Avec un si
mauvais présage, nous ne serions

jamais heureux dans notre union,
jamais !

Sali, soupirant, répondit :

— Bien des fois j'ai été déjà sur
le point de m'engager comme soldat
ou d'aller servir au loin comme
garçon de ferme : mais impossible
de m'en aller tant que tu es là !
Et lorsque tu seras partie, je sens
que je ne pourrai plus vivre. Le
malheur rend mon amour encore
plus fort et plus pénible ! Oui,
c'est une affaire de vie ou de
mort ! Je n'aurais jamais pu me
figurer cela !

Vreeli le contempla avec un
sourire plein de tendresse et ils
demeurèrent appuyé contre la muraille ne parlant plus, s'abandonnant à cette félicité suprême qui
chassait toute tristesse de leur réci-

proque amour. Et peu à peu, comme deux enfants dans un berceau, ils s'endormirent sur ce foyer nu. Sali se réveilla le premier. Le matin blanchissait déjà. Il appela Vreeli bien doucement. Elle se serrait toujours contre lui, tout ensommeillée, ne voulait pas secouer le sommeil. Il l'embrassa vivement sur la bouche : Vreeli se dressa en sursaut. Elle ouvrit les yeux tout larges, et, apercevant Sali, elle dit :

— Seigneur ! je rêvais justement de toi ! Nous dansions ensemble à notre noce, bien longtemps, bien longtemps. Comme nous étions heureux ! Nous avions les plus beaux habits, et rien ne nous manquait ! A la fin nous avons voulu nous embrasser. Nous

en mourions de désir. Toujours,
quelque chose nous séparait. Et
c'est toi-même qui est venu, à la
fin. Oh ! que je suis contente que
tu sois là !

Elle se jeta à son cou, elle
l'embrassa sans pouvoir s'en lasser.

— Et toi, qu'as-tu rêvé ? demanda-t-elle, en lui caressant les
joues.

— J'ai rêvé que je suivais une
route sans fin, à travers une forêt.
Tu marchais devant, à une grande
distance ; tu te retournais parfois
pour me regarder et me faisais
signe en souriant. Alors je me
croyais dans le ciel. C'est tout !

Ils s'avancèrent jusqu'à la porte
de la cuisine, restée ouverte, et
qui donnait sur la cour, et ne
purent s'empêcher de rire quand

....

ils se regardèrent. La joue droite
de Vreeli et la joue gauche de
Sali, appuyées en dormant l'une
contre l'autre, étaient rouges de
la pression, et la pâleur de l'autre
joue était accentuée par l'air froid
de la nuit. Ils frottèrent doucement le côté blanc de leurs visages
pour le rendre rouge comme
l'autre. La fraîcheur du matin, la
sérénité de la campagne étincelante
de rosée, l'aurore naissante leur
rendirent la joie et l'oubli d'eux-
mêmes. Vreeli surtout parut prise
d'un charmant esprit d'insouciance.

— Ainsi, c'est donc demain
soir qu'il me faut quitter cette
maison, et chercher un autre abri :
auparavant, je voudrais être bien
gaie, une fois, une seule fois, avec
toi ! Je voudrais danser à l'aise et

à mon content, car la danse de mon rêve ne veut pas me sortir de la tête.

— Je veux être de la partie, et voir où tu demeures ! dit Sali. Je veux aussi danser avec toi, ma petite chérie, mais où ?

— C'est fête demain en deux endroits pas bien éloignés, répondit Vreeli... on doit peu nous connaître, on ne fera guère attention à nous. Je t'attendrai au bord de l'eau, là-bas, nous irons où il nous plaira, pour bien nous amuser une fois, rien qu'une fois !... Hélas ! ajouta-t-elle tristement, mais cela ne se peut pas, nous n'avons point d'argent !

— Sois tranquille, dit Sali, j'en aurai.

— Mais pas de chez ton père... pas de cet argent là ?

....:...

— Non, j'ai encore ma montre en argent : je la vendrai.

— Je ne t'en empêcherai pas, dit Vreeli, rougissante ; je crois que je mourrais si je ne dansais pas demain avec toi.

— Ce qui vaudrait le mieux pour nous, ce serait de mourir tous les deux ! dit Sali.

Ils se dirent adieu, en s'embrassant tristement, puis ils rirent encore, en songeant à la joie du lendemain.

— Quand viendras-tu ? dit encore Vreeli.

— A onze heures au plus tard, répondit-il, nous dînerons ensemble.

— Bien, bien ! Mais viens plutôt à dix heures.

Comme Sali s'éloignait déjà,

elle le rappela encore et lui montra une figure toute changée, toute désespérée.

— Inutile, dit-elle en pleurant amèrement, je n'ai pas de chaussures de dimanche. Hier j'ai dû mettre ces gros souliers pour aller à la ville. Jamais je ne trouverai de bottines !

Sali demeura perplexe.

— Pas de souliers ! dit-il ; alors il faudra bien mettre ceux que tu as.

— Oh ! non, non ! Je ne puis pas danser avec ces vilains sabots !

— Eh bien! achetons-en d'autres.

— Mais où ? Comment ?

— A Seldwyla il ne manque pas de magasins de chaussures. Pour l'argent, j'en aurai dans moins de deux heures.

— Mais je ne puis pas courir avec toi la ville... puis notre argent ne suffira pas.

— Il suffira. J'achèterai les souliers et je te les apporterai demain.

— Mais, petit fou, ceux que tu achèteras ne m'iront pas !

— Donne-moi donc un de tes souliers ; ou plutôt, tiens, je vais te prendre mesure, sans être sorcier !

— Me prendre mesure ? Je n'y avais pas pensé. Viens, viens, je vais chercher une ficelle.

Elle se rassit sur le foyer, leva un peu sa robe, ôta la chaussure de son pied. A cause du voyage de la veille, il était couvert d'un bas blanc. Sali se mit à genoux, et mesura comme il put, prenant avec la ficelle la longueur et la

largeur du petit pied, et marquant
les dimensions avec des nœuds.

— Beau cordonnier! dit Vreeli,
souriante et rougissante.

Sali rougit aussi. Il retint le
pied plus longtemps qu'il ne le
fallait, tant et si bien que Vreeli
le retira en rougissant davantage.
Puis, ayant encore embrassé une
fois vivement Sali, tout confus,
elle le congédia.

Dès que Sali fut de retour à la
ville, il porta sa montre chez un
horloger. On lui en donna six à
sept écus, et, avec quelques écus
de la chaîne d'argent, il se crut
suffisamment riche : depuis qu'il
était homme, il ne s'était vu tant
d'argent à la fois. Si ce jour pouvait être passé, et que le dimanche
fût déjà là! pensait-il. Car, si le sur-

lendemain était l'inconnu sombre, le lendemain n'en brillait que d'un éclat plus vif et plus extraordinaire.

Il tua le temps tant bien que mal en cherchant une paire de chaussures pour Vreeli : ce fut la plus douce occupation qu'il eût jamais connue. Il allait de boutique en boutique, il se faisait montrer tous les bottines de femme. Il acheta enfin une paire bien légère, bien élégante, comme Vreeli n'en avait certes jamais porté, les cacha sous son gilet, et ne s'en sépara plus le reste de la journée : il les emporta même dans son lit, sous son oreiller.

Ayant vu la jeune fille le matin même, et devant la revoir le lendemain, il eut un sommeil tranquille et profond. Il s'éveilla de

grand matin, prépara et arrangea
du mieux qu'il put sa pauvre
toilette des dimanches. Sa mère,
voyant cela, lui demanda avec surprise ce qu'il voulait faire. Depuis
longtemps elle ne l'avait pas vu
s'habiller avec tant de soin. Il
répondit qu'il voulait aller faire
un petit tour dans le pays et
prendre l'air, que sinon il tom-
berait malade dans cette maison.

— Depuis quelque temps, fit le
père en grommelant, ce ne sont
que sorties sans fin.

— Laisse-le aller, reprit la mère,
cela lui fera sans doute du bien,
vois la triste mine qu'il a.

— As-tu de l'argent pour ta
promenade ? demanda le père.

— Je n'en ai pas besoin, répondit Sali.

— Voici un écu, dit le père, en jetant une pièce d'argent sur la table. Tu pourras aller le dépenser à l'auberge du village... tu leur montreras que nous ne sommes pas encore si bas !

— Je ne vais pas au village, et je n'ai aucun besoin de votre écu ; gardez-le donc.

— Bon ! tu l'as vu, s'écria Manz, en remettant l'écu dans sa poche, tu ne le verras plus.

Sa femme, qui ne comprenait pas pourquoi le départ de son fils lui rendait le cœur si gros, lui donna un grand fichu noir à bords rouges, qu'elle n'avait porté que rarement, et que Sali avait déjà souvent désiré. Il le passa autour de son cou, laissant flotter les bouts, puis, dans un mouvement d'orgueil naïf, il releva, d'un air viril et grave, le col de sa chemise, que, jusque-là, il avait porté rabattu.

Il enfonça les souliers de Vreeli dans la poche de devant de sa redingote et se mit en route, quoi qu'il ne fût encore que sept heures du matin. Comme il quittait la maison, un pressentiment singulier le poussa à donner la main à son père et à sa mère. Dans la rue, il se détourna encore une fois du côté de la maison.

— Je crois bien, dit Manz, que le garçon poursuit quelque fille. Il ne nous manquerait plus que cela !

— Plaise à Dieu, reprit sa femme, qu'il fasse un bon mariage ! Cela ferait du bien à ce pauvre garçon.

— Sans doute, fit l'époux, cela viendra. La belle affaire s'il allait se charger de quelque gentil marmot, et le grand bien que ça ferait à ce pauvre garçon !

V

Sali se dirigea d'abord du côté
de la rivière, où il avait attaché
Vreeli. Chemin faisant, toutefois,
il changea d'idée. Il alla tout droit
au village pour prendre Vreeli
chez elle, où il lui semblait im

possible d'attendre jusqu'à l'heure fixée.

— Que nous font les gens, se disait-il. Personne ne nous vient en aide : je suis honnête et je ne crains personne !

Il entra à l'improviste dans la chambre de Vreeli. Ce leur fut une égale surprise — pour elle de le voir si tôt, pour lui de la voir déjà tout habillée et parée, attendant le moment du départ : il ne manquait plus que les souliers.

Sali, en la voyant si belle, demeura au milieu de la chambre, la bouche grande ouverte : elle ne portait cependant qu'une robe de toile bleue tout unie, mais propre et fraîche, qui seyait admirablement à sa svelte personne. Un fichu de mousseline, blanc comme

....

neige, achevait cette toilette. Les
boucles de ses cheveux noirs, qui
flottaient d'habitude en désordre
autour de sa tête, étaient relevées
et arrangées avec grâce. Elle n'était,
depuis des semaines, presque pas
sortie de la maison, et son teint,
déjà pâli par le chagrin, en avait
pris plus de délicatesse et de
diaphanéité. Pourtant, l'amour et
le bonheur, sans cesse, faisaient
rougir ses joues. Elle portait sur
le sein un joli bouquet de romarin,
de roses et de très beaux asters.
Assise à la fenêtre ouverte, res-
pirant doucement l'air pénétré du
soleil, en voyant Sali elle lui
tendit ses jolis bras, nus jusqu'aux
coudes, et s'écria :

— Que tu as bien fait d'être
venu si tôt et d'être venu ici !

As-tu bien les souliers ? Je ne me lève pas avant de les avoir mis !

Sali tira de sa poche les souliers tant souhaités, et les donna à la charmante fille. Elle jeta au loin ses vieilles chaussures et mit bien vite les neuves : elles se trouvèrent lui aller à merveille. Alors, se levant de sa chaise, elle fit quelques tours par la chambre, releva un peu sa longue robe bleue pour regarder avec plaisir les nœuds de coton rouge dont les souliers étaient ornés, tandis que Sali ne se lassait pas de contempler cette exquise créature que l'animation du plaisir rendait encore plus belle.

— Tu regardes mon bouquet, dit Vreeli. N'est-ce pas qu'il est joli ? Il faut que tu saches que ce sont les dernières fleurs que j'aie pu trouver dans ce désert : ici une rose, là un aster, et à les voir ainsi réunis, on ne dirait pas qu'on les a cueillis dans un jardin dévasté. Mais à présent il est bien temps que je quitte la place ! plus une fleur au jardin, et la maison toute vide.

Sali regarda autour de lui. Il vit, en effet, que les derniers meubles avaient été emportés.

— Pauvre Vreeli, fit-il. Ils t'ont déjà tout pris !

— Oui, on a tout emporté hier soir ; on m'a à grand peine laissé mon lit : mais je l'ai tout de suite vendu... aussi, j'ai de l'argent maintenant, vois-tu !

Elle sortit de sa poche quelques pièces d'argent neuves et brillantes.

— Mais il ne reste rien du tout ici, fit Sali, après avoir regardé dans la cuisine... Ni bois, ni marmite, ni couteau... N'as-tu donc rien mangé ce matin ?

— Non, dit Vréeli, j'aurais bien été chercher quelque chose, mais je me suis dit qu'il valait mieux attendre, afin de déjeuner de bon appétit avec toi. Je me réjouis tant, que tu ne peux pas te l'imaginer.

— Si j'osais te toucher, dit Sali, tu verrais bien, ma belle amie, si moi aussi je suis content, ou non !

— Tu m'abimeras toute ma toilette, et si nous ménagions un peu nos fleurs, ma pauvre tête, que tu traites si mal, en profitera aussi.

....

— Eh bien, partons !

— Il faut attendre qu'on vienne
prendre le lit, puis je fermerai la
maison et je n'y remettrai plus
les pieds : je donnerai mon paquet
à garder à la femme qui a acheté
le lit.

Ils s'assirent l'un en face de
l'autre et attendirent la femme.
Elle arriva bientôt. C'était une
grosse et lourde paysanne, à la
langue bien pendue. Elle avait
amené un garçon pour emporter
le lit. Lorsqu'elle aperçut l'amoureux de Vreeli, et la jeune fille
elle-même dans sa fraîche toilette,
elle ouvrit au large la bouche et
les yeux, posa les mains sur les
hanches et s'écria :

— En vérité, petite Vreeli, tu
ne perds pas ton temps ! Tu as un

amoureux, et te voilà habillée comme une princesse !

— N'est-ce pas ? dit Vreeli en riant de bon cœur, et connaissez-vous celui-ci ?

— Eh ! je suppose que c'est Sali Manz ? Montagne et vallée ne se rencontrent pas, comme on dit, mais les gens se rencontrent. Cependant, fais bien attention, petite... Souviens-toi de ce qui est arrivé à vos parents !

— Oh ! tout cela est bien changé ! Tout va bien maintenant, répondit Vreeli souriant toujours et s'abandonnant à demi au plaisir de parler de son bonheur... Sali est mon fiancé !

— Ton fiancé, que me dis-tu là ?

— Oui... et il est riche, il a

gagné cent mille écus à la loterie, figurez-vous !

La paysanne joignit les mains, fit un saut en arrière et s'écria :

— Cent mille écus !

— Oui, cent mille écus, répliqua Vreeli d'un ton sérieux.

— Dieu de ma vie ! mais ce n'est pas vrai, tu m'en contes, ma petite !

— Croyez-en ce que vous voudrez.

— Mais, si c'est la vérité et que tu l'épouses, que ferez-vous de tout cet argent ? Vas-tu donc devenir une grande dame ?

— Pour sûr ! et la noce se fera dans trois semaines.

— Laisse-moi donc tranquille, tu es une petite menteuse !

— Sali vient d'acheter la plus

belle maison de Seldwyla, avec un grand verger et des vignes. Venez me voir quand nous serons installés, j'y compte !

— Sans doute, petite sorcière du diable, on ira.

— Vous verrez comme tout cela est beau, je vous ferai du café délicieux et des brioches avec du beurre et du miel.

— Tu peux y compter... petite magicienne ! s'écria la paysanne. L'eau lui en venait à la bouche.

— Si vous arrivez à midi, fatiguée du marché, vous trouverez toujours un bon repas avec un verre de vin.

— Ah ! ça me fera du bien !

— Vous aurez aussi des bonbons pour les petits enfants.

— Il me semble déjà y être.

— Et il se trouvera bien aussi un joli fichu ou un restant d'étoffe de soie, un gentil ruban pour vos robes, un morceau de toile pour faire un tablier... lorsque vous m'aiderez à fouiller dans mes bahuts et mes armoires.

La grosse campagnarde fit une pirouette, agitant joyeusement les plis de sa jupe.

— Et si votre mari désirait quelque bonne affaire en terre ou en bétail et n'avait pas assez d'argent, vous savez où frapper. Mon cher Sali sera heureux de lui avancer de l'argent comptant autant qu'il en aura besoin. Moi-même, j'aurai mes petites épargnes, pour aider une amie, à l'occasion.

A ces mots, la bonne femme n'y tint plus, elle dit avec émotion :

— J'ai toujours dit que tu étais
brave et bonne, ma belle enfant!
Que le Seigneur te donne éternellement le bonheur et te bénisse
pour tout le bien que tu me fais!

— Je vous demande, à votre
tour, de rester toujours bonne
pour moi.

— C'est bien ton droit de le
demander!

— Et de m'apporter vos den-
rées, fruits, pommes de terre ou
légumes, avant de passer au marché, afin d'être sûre d'acheter
d'une honnête paysanne à laquelle
je puis me fier. Je vous paierai
avec plaisir autant que nulle autre
pourrait vous payer... vous me
connaissez bien! Qu'y a-t-il de
plus beau que de voir une riche
dame de la ville enfermée entre

....

ses murs et qui, néanmoins, a
besoin de tant d'objets, et une
paysanne du village, intelligente,
honnête, expérimentée en toutes
choses, former une bonne et solide
amitié ? Dans cent occasions, dans
la joie et dans le chagrin, aux
baptêmes et aux noces, quand les
enfants font leur première com-
munion, ou lorsqu'il faut les
mettre en apprentissage ou les en-
voyer à l'étranger, on y trouve
avantage, et encore durant les
mauvaises années, lorsqu'il sur-
vient une inondation, un incendie,
un orage de grêle, que Dieu nous
en garde...

— Que Dieu nous en garde !
répéta la bonne femme, en san-
glotant et s'essuyant les yeux avec
son tablier. Quelle fine et pré-

voyante petite fiancée tu fais ! Tu
seras heureuse, ou il n'y a plus
de justice sur terre : tu es jolie,
soigneuse et sage, laborieuse et
adroite... il n'y a personne au
village ni ailleurs plus aimable et
meilleure. Celui qui t'aura, pourra
se croire en paradis, ou bien ce
sera un coquin qui aura affaire à
moi. Sali, écoute, sois bien doux
pour ma petite Vreeli, ou bien je
te ferai voir ton maître... Heureux
garçon, de cueillir une telle
rose !

— Prenez aussi mon petit paquet,
comme vous me l'avez promis, et
gardez-le jusqu'à ce que je le fasse
rechercher... Je viendrai peut-être
le reprendre en voiture, si vous
me le permettez : vous ne me
refuserez pas un petit pot de lait,

et moi je vous apporterai un beau gâteau aux amandes.

— Donne ton paquet, mon enfant, donne !

La paysanne avait chargé sur sa tête les coussins du lit, liés ensemble. Vreeli posa dessus le sac où elle avait serré ses vêtements et tout ce qui lui restait : un moment, la pauvre femme sembla faiblir sous ce surplus de fardeau.

— C'est presque trop lourd à prendre en une fois, dit-elle. Ne pourrais-je pas faire deux courses ?

— Non, non... il nous faut partir tout de suite... nous avons une longue route à faire et nous devons visiter un tas de beaux-parents qui se sont tout à coup montrés depuis que nous sommes riches... vous savez comment ça se passe !

— Je le sais bien ! Que Dieu te bénisse... Souviens-toi de moi dans ton bonheur.

La paysanne, tenant avec peine sa lourde charge en équilibre, s'éloigna. Son petit domestique, avec le bois de la couchette, marchait derrière elle : il portait sur sa tête le ciel du lit, où s'apercevaient encore quelques étoiles pâlies, et il avait pris dans ses mains, nouveau Samson, les colonnes gracieusement sculptées qui supportaient le ciel. Appuyée contre Sali, Vreeli suivait des yeux ce déménagement, ce temple qui avait l'air de se promener parmi les jardins.

— Sais-tu, dit-elle, que cela

ferait un joli berceau, si on le
mettait dans un jardin, avec une
table et un petit banc au milieu,
et si on semait des liserons autour.
Voudrais-tu t'y asseoir avec moi,
Sali ?

— Oui, ma Vreeli, surtout quand
les liserons auraient poussés...

— Partons ! dit-elle, plus rien '
ne me retient ici.

— Eh ! bien... ferme la maison.
A qui remettras-tu la clef ?

Vreeli chercha des yeux tout
autour d'elle.

— Nous la pendrons à la hallebarde ; j'ai souvent entendu mon
père dire qu'elle était dans la
maison depuis plus de cent ans...
elle restera là comme le dernier
gardien !

Ils suspendirent la clef au crochet rouillé de l'arme antique, au long de laquelle grimpaient les haricots, puis ils s'éloignèrent.

Vreeli pâlit, alors, et cacha ses yeux : Sali fut obligé de la conduire pendant quelques pas, mais elle ne tourna pas la tête.

— Où irons-nous, d'abord ? demanda-t-elle.

— Tout le jour nous irons doucement par les chemins, à notre plaisir, et sans nous presser, dit Sali. Vers le soir, nous trouverons bien une place où l'on danse.

— Bon, dit Vreeli, nous serons tout le jour ensemble, et nous irons où nous voudrons. Mais j'ai besoin de prendre quelque chose : allons déjeuner au premier village.

— Oui, dit Sali, et sortons vite de celui-ci.

Bientôt ils furent dans la campagne. Ils marchaient par les prés sans parler. C'était une belle matinée de septembre. Pas un nuage au ciel. Les coteaux et les forêts étaient revêtus d'un léger hâle qui donnait au paysage un caractère plus mystérieux et plus solennel. Les cloches des églises résonnaient de tous côtés : là, le carillon grave et harmonieux d'un grand village, ailleurs le gai babil des deux clochettes d'un pauvre petit hameau.

Les deux amoureux oubliaient ce que serait la fin de cette journée pour s'abandonner sans réserve à la joie douce et recueillie d'errer par une paisible matinée de

dimanche, dans leurs plus beaux
habits, libres comme deux fiancés
dont le bonheur eût été légitime.
Chaque bruit qui se perdait dans
le silence recueilli de la nature,
chaque cri éloigné, faisaient vibrer
leurs âmes. Malgré leur faim, la
demi-heure de marche jusqu'au
hameau voisin ne leur parut qu'un
saut de chat ; ils entrèrent, en
hésitant, dans l'auberge, à l'entrée
du village.

Sali commanda un bon déjeuner.
Pendant qu'on le préparait, ils
s'assirent, regardant la salle tout
autour, en silence. L'aubergiste
était aussi boulanger. La fournée,
toute chaude, emplissait la maison
d'une atmosphère odorante. On
apportait dans des corbeilles des
pains de toute sorte, car, au retour

de l'église, les villageois venaient
acheter leur pain blanc, ou prendre
la chopine matinale. L'hôtesse,
propre et gentille, faisait tran-
quillement la toilette de ses enfants. Aussitôt qu'un des petits
sortait de ses mains, il courait à
Vreeli montrer ses beaux habits,
lui faire confidence de tout ce dont
il était joyeux et fier. On servit
enfin le café noir fumant, et les
deux jeunes gens se mirent timidement à table, comme s'ils eussent
été des invités. Ils s'enhardirent
bientôt, et se mirent à causer tout
bas avec bonheur. Comme tout
semblait délicieux à Vreeli ! Oh !
le bon café, la crême grasse, les
petits pains encore tout chauds,
le beurre frais, le miel, l'omelette
et les autres bonnes choses qui

....

couvraient la table. Et tout était
doublement appétissant, parce
qu'elle regardait Sali : elle mangeait avec le même plaisir que si
elle eût jeûné depuis un an. Elle
admirait aussi la jolie vaisselle et
les petites cuillères d'argent. L'hôtesse, les tenant pour des jeunes
gens comme il faut, les servait
avec soin. Elle venait s'asseoir
auprès d'eux, de temps à autre,
pour faire la conversation. Tous
deux lui répondirent avec une
simplicité et un bon bon sens qui
lui plurent. La bonne Vreeli se
trouvait si bien là, qu'elle ne
savait si elle préférait s'en aller de
nouveau courir à travers champs,
seule avec son amoureux, ou demeurer dans la salle hospitalière,
et rêver durant quelques heures

qu'elle était là chez elle. Sali lui facilita le choix en prenant congé d'un ton honnète et affairé, comme si vraiment ils avaient à faire une longue route convenue.

L'hôte et l'hôtesse les accompagnèrent devant la maison, avec force politesses, à cause de leurs aimables manières, et malgré la pauvreté visible de leur mise. Les deux pauvres jeunes gens prirent congé avec la meilleure grâce du monde et s'éloignèrent d'un air modeste et tranquille, et même quand ils se retrouvèrent en pleine campagne et qu'ils furent dans un grand bois de chênes, ils continuèrent à marcher paisiblement à côté l'un de l'autre, bercés dans de charmantes rêveries. A les voir, on eût dit les enfants de

braves gens, à qui les plus chères
espérances étaient promises, et
nullement la triste descendance de
deux maisons ruinées dans la dis-
corde.

Vreeli, penchant sa tête sur
son sein fleuri, marchait d'un air
grave sur le sol humide et glis-
sant de la forêt, relevant avec
soin sa robe. Sali, pensif aussi,
portait néanmoins la tête haute.
Son pas était inégal. Il fixait les
yeux sur les gros chênes, comme
un propriétaire qui suppute quels
arbres il aura le plus d'avantage
à abattre. Lorsqu'ils sortirent de
cette rêverie confuse, ils se regardèrent et s'aperçurent qu'ils avaient
toujours la même attitude qu'au
sortir du village. Ils rougirent et
baissèrent tristement la tête. Mais

la jeunesse n'a pas de sagesse. La
forêt était verte, le ciel bleu, ils
étaient seuls dans le vaste monde.
Ils s'abandonnèrent de nouveau à
ces délicieuses sensations de liberté
et de bonheur. Bientôt, cependant, leur solitude fut troublée,
car la forêt s'animait de groupes
et de couples qui y venaient jouer
et chanter, pour tuer le temps,
après le service religieux.

Les villageois, tout comme les
citadins, ont leurs promenades favo-
rites et leurs forêts de plaisance,
avec la différence que, chez eux,
elles n'exigent pas d'entretien et
n'en sont que plus belles. Il ne
leur suffit de se promener, le
dimanche, dans leurs prés fleuris,
ou parmi les blés mûrs. Ils connaissent aussi de charmants sen-

tiers dans les bois et le long des
vertes collines. Ils vont se reposer
tantôt sur une côte, qui offre une
agréable perspective, tantôt à la
lisière d'un bois. Tout en chantant leurs chansons, ils subissent
avec douceur le charme de la
nature.

Comme il est certain qu'ils
ne font point cela par pénitence
mais pour leur plaisir, il faut
bien en conclure qu'ils ont aussi
le sentiment et l'amour de la
nature, en dehors de la simple
question utilitaire. Jamais ils ne
manquent de casser quelque branche verte, aussi bien les jeunes
gens que les vieilles mères-grand,
qui repassent d'un pas vibrant par
les sentiers de la jeunesse. Et
même le paysan mûr, qui ne

songe qu'aux affaires, quand il
passe au bois, aime à se tailler
une baguette; il la dépouille de
ses feuilles et, tout au bout, ne
laisse qu'une houppe verte. Il
porte cette baguette comme un
sceptre. Quand il entre dans un
bureau ou au greffe du village, il
la dépose avec précaution dans un
coin. Il n'oublie jamais, après les
affaires les plus sérieuses, de la
reprendre et de la rapporter
intacte chez lui, où il est permis
alors au bébé de la mettre en
pièces. Pourquoi fait-il cela?

Sali et Vreeli, voyant cette
foule de promeneurs, pensèrent
avec un secret plaisir qu'eux aussi
marchaient en couple. Toutefois
ils se glissèrent de côté dans des
sentiers plus étroits, ils se réfu-

giérent dans des solitudes profondes. Ils s'arrêtaient là où il
leur plaisait, remarchaient, se
reposaient encore. Le ciel était
toujours sans nuages ; leur cœur
était sans souci. Ils avaient oublié
d'où ils venaient, où ils allaient.
Leur conduite était d'une réserve
infinie, malgré leur gaieté et leur
excitation. La simple toilette de
Vreeli demeura aussi fraîche
qu'au départ. Sali ne se conduisait
nullement comme un jeune paysan
ou un fils de cabaretier ruiné. On
eût dit qu'il avait quelques années
de moins et qu'il avait reçu une
éducation parfaite. C'était presque
comique de voir la timide tendresse, l'attention, le respect dont
il admirait sa gaie et jolie Vreeli.
En cet unique jour accordé par le

sort, les pauvres enfants devaient passer par toutes les nuances de l'amour, rattraper les moments perdus des premières et craintives tendresses et précipiter le dénouement dans le sacrifice passionné de la vie.

Ils marchèrent tant que la faim fût revenue. Ce fut avec joie qu'ils découvrirent, du haut d'une colline ombragée, un joli village où ils résolurent de dîner. Ils descendirent en hâte mais, dans le village, ils eurent l'air modeste et réservé qu'ils avaient eu dans l'endroit où ils avaient déjeuné. Il n'y avait personne qui pût les reconnaître. Vreeli surtout, dans les dernières années, était très peu sortie : elle n'allait jamais dans les villages voisins. On les prit

encore pour un joli couple honnête, chargé de quelque course
sérieuse. Ils s'arrêtèrent à la première auberge de l'endroit. Sali y
commanda un festin en règle. On
dressa pour eux seuls une petite
table, où l'hôte mit le couvert du
dimanche. Les jeunes gens s'assirent en silence, regardant timidement les boiseries de noyer poli,
le buffet rustique, neuf et brillant, les rideaux bien blancs aux
fenêtres.

L'hôtesse vint, d'un air aimable,
et plaça sur la table un vase rempli
de fleurs toutes fraîches.

— En attendant la soupe, dit-elle,
vous pourrez, si vous voulez, vous
régaler les yeux avec ce bouquet.
S'il est permis de le demander, vous
êtes sans doute de jeunes fiancés,

et vous allez à la ville pour vous marier demain ?

Vreeli rougit sans oser lever les yeux. Sali aussi, garda le silence ; l'hôtesse continua :

— Vous êtes bien jeunes encore tous deux, mais jeunes mariés vivent longtemps, comme on dit. Vous avez l'air gentils et honnêtes, et vous n'avez pas besoin de vous cacher. Les gens rangés peuvent épargner quelque chose lorsqu'ils entrent jeunes en ménage et qu'ils sont actifs et fidèles. Mais, vraiment, il faut l'être, car le temps est à la fois si court et si long, et il y a tant de jours ! Mais ils sont beaux et agréables si l'on sait bien les employer. Ne m'en veuillez pas de vous parler ainsi ! cela me réjouit de vous voir... Vous faites un si joli couple !

La servante apporta la soupe. Comme elle avait entendu quelques-unes des paroles de sa maitresse, et qu'elle aurait bien voulu se marier elle-même, elle regarda de travers Vreeli, qui allait goûter cette félicité enviable. Dans la chambre voisine, la mauvaise créature donna libre cours à sa méchante humeur. Elle dit à l'hôtesse, qui avait affaire là, et assez haut pour qu'on pût l'entendre de la salle :

— Voilà encore de ces vagabonds qui courent à la ville se marier, sans posséder sou ni maille, sans amis, et ayant d'avenir que la mendicité ? Où allons-nous si l'on permet de se marier à des

créatures qui ne savent pas seulement mettre leur jupe ou faire la
soupe ? En vérité, je plains ce
pauvre jeune homme ! Le voilà
bien loti avec cette petite sotte !

— Paix ! Veux-tu te taire, en-
vieuse ! dit l'hôtesse. Je ne veux
pas qu'on dise du mal de ces enfants : Ce sont, à coup sûr, d'honnêtes jeunes gens des fabriques de
la montagne. Ils sont habillés
pauvrement, mais proprement :
S'ils s'aiment bien, s'ils travail-
lent, ils iront plus loin que toi,
avec ta mauvaise langue ! Tu
pourras attendre encore longtemps de trouver quelqu'un qui
veuille de toi, si tu ne deviens
pas plus aimable, pot de vinaigre,
va !

Ainsi, Vreeli goûta les joies

d'une mariée que l'on mène à la
noce. Les conseils aimables d'une
sage ménagère, l'éloge de son
amoureux, par une fille jalouse,
un appétissant festin, à côté du
bien-aimé. Elle était rouge comme
un œillet, le cœur lui battait. Elle
n'en mangeait pas moins de bon
appétit. Elle n'eut pour la servante que de la bonne humeur et
regardait tendrement Sali, en chuchotant avec lui sans se lasser, si
bien qu'elle finit par lui tourner
aussi la tête. Ils restèrent longtemps à table, comme pour pro-
longer la douce illusion. Ils
avaient peur de s'en arracher...
L'hôtesse apporta des gâteaux et
des bonbons pour le dessert. Sali
commanda une bouteille du meil-
leur vin, et Vreeli sentit, après

la première gorgée, courir dans
ses veines comme du feu. Elle
était sur ses gardes : elle ne but
que du bout des lèvres, timide et
chaste, comme une fiancée. Peut-
être mettait-elle quelque malice à
jouer ce rôle, pour mieux voir ce
que Sali éprouvait. Elle n'en était
pas moins sincère, au fond. Il lui
semblait, par moment, que l'amour
et l'angoisse allaient briser son
cœur. Elle se sentit, à la fin, tellement à l'étroit dans cette chambre,
qu'elle demanda à partir.

Ils eurent, en quelque sorte,
peur de se retrouver seuls dans
les chemins solitaires des bois.
Ils marchèrent, sans s'être con-
certés, par la grand'route, ils se
mêlèrent aux passants sans regarder
de droite ni de gauche.

Tandis qu'ils se dirigeaient vers le village voisin où l'on célébrait une fête paroissiale, Vreeli se suspendit au cou de Sali et lui dit d'une voix tremblante et toute basse :

— Pourquoi ne pouvons-nous pas être l'un à l'autre, pourquoi ne pouvons-nous pas être heureux ?

— Je ne le sais pas plus que toi, répondit-il en retournant ses yeux du côté de la forêt où brillait toujours le tiède soleil d'automne. Il s'efforça de ne rien laisser lire sur son visage. Ils s'arrêtèrent pour s'embrasser. Du monde survint : ils continuèrent leur route.

Le village, en fête, était rempli d'une foule joyeuse. Quand les

jeunes gens arrivèrent, l'auberge
principale résonnait des éclats
joyeux d'une musique de danse.
Les jeunes villageois avaient commencé de sauter depuis midi. Sur
la place, on avait établi une petite
foire ! C'étaient quelques tables
couvertes de pâtisseries et de bonbons, deux ou trois baraques où
se vendaient de menus objets. Les
enfants et les grandes personnes,
qui se contentaient du rôle de
spectateurs, se pressaient à l'en-
tour. Sali et Vreeli s'approchèrent pour contempler ces mer-
veilles. Ils y laissèrent errer leurs
regards. La même pensée leur fit
mettre simultanément la main à
la poche : c'était la première et la
dernière fois qu'ils étaient ensemble à la foire. Chacun songea

à offrir à l'autre quelque menu cadeau. Sali acheta une maisonnette en pain d'épice glacé de sucre. Sur son toit vert deux colombes blanches étaient perchées. Un petit Amour, en ramoneur, sortait de la cheminée. Aux fenétres, de petits personnages en sucre s'embrassaient. Leurs petites bouches rouges se touchaient en un baiser interminable, car l'artiste avait fait, dans sa hâte, les deux bouches d'une seule coulée. De petits points noirs figuraient les yeux. On lisait, sur les battants roses de la porte, ces vers :

Mon adorée, entre dans ma demeure,
Mais je ne veux pas te céler
Que les choses avec des baisers
Y sont comptées.

....

La bien-aimée dit : « Bien-aimé

Rien ne saurait me faire reculer

Tout considéré,

Mon bonheur ne peut être qu'avec toi.

A vrai dire,

Je ne venais que pour cela. »

Entre donc,

Conformes-toi à la coutume,

Et que Dieu te bénisse !

C'étaient un monsieur en habit bleu et une dame à gorge pleine, peints à droite et à gauche de la porte, qui se parlaient de la sorte.

Vreeli, en échange de la maisonnette, donna un cœur de pain d'épice. Une petite bande de papier portait ces mots, écrits d'un côté :

Une amande douce est cachée dans ce cœur...

Mais mon amour est plus doux que l'amande.

De l'autre côté, on lisait :

Quand tu auras mangé ce cœur,
  n'oublie point
Que mon œil noir s'éteindra bien
  avant mon amour.

Ils lurent ces devises avec avidité. Cette poésie de confiseur fut trouvée plus belle et fut plus intensément ressentie que les plus belles poésies du monde. Il semblait que les vers avaient été faits pour eux, tout exprès, tellement ils concordaient avec leur position.

— Oh ! soupira Vreeli, si tu me donnes une maison, je t'en ai aussi donné une, et la véritable. Notre cœur est, à présent, la maison où nous demeurons. Nous portons notre demeure avec nous, comme les escargots, et nous n'en avons plus d'autres !

26

— C'est-à-dire que nous sommes deux escargots, fit Sali, dont chacun porte la maison de l'autre !

— Oui, et comme il faut que chacun ait sa maison près de soi, nous ne pouvons plus nous quitter.

Ils n'avaient pas idée qu'ils venaient de faire au moins d'aussi jolies métaphores que celles qu'ils lisaient sur les pains d'épice. Ils continuèrent à lire, à admirer cette naïve et candide littérature libéralement répandue sur les cœurs, grands et petits, qu'offraient les marchands, car tout leur était symbole, allusion profonde. C'est ainsi que, lisant sur un cœur doré, garni de cordes, en forme de lyre, ces mots :

Mon cœur est une lyre,
Dès qu'on le touche, il vibre.

Vreeli trouvait l'image tellement
vraie, qu'elle croyait entendre
vibrer et chanter son propre cœur.

Mais, tout en feignant d'être
absorbés par cette lecture, ils
trouvèrent cependant tous deux
l'occasion de faire secrètement un
nouvel achat : Sali prit pour Vréeli
une petite bague dorée, sertie
d'une pierre verte, et Vreeli
trouva, pour Sali, une bague
noire, en corne de chamois : un
myosotis en or y était incrusté.
La même pensée leur était venue
de se donner ces pauvres souvenirs en se disant adieu !

Absorbés par leurs préoccupa-
tions, ils n'avaient pas vu qu'un
cercle s'était peu à peu formé autour d'eux et les épiait avec une
attentive curiosité. On les recon-

naissait. Il y avait là beaucoup de jeunes gens de leur village, et chacun demeurait surpris devant le couple charmant qui semblait oublier le monde dans une extase sacrée.

— Regardez donc, disait-on, c'est bien Vreeli Marti et Sali, de la ville ! Ils se sont rencontrés là et unis bien proprement ! Et voyez donc quelle tendresse ! Quelle affection ! Où diable peuvent-ils aller ?

A l'étonnement des curieux se mêlait de simples sentiments de pitié pour le malheur, de mépris pour la dégradation des parents, de jalousie, aussi, devant le bonheur de ces deux amoureux étrangers à cette foule grossière autant par leur distinction et leur tendresse que par leur abandon et pauvreté. Lorsqu'ils sortirent de leur rêve, ils ne virent auprès d'eux qu'yeux étonnés et bouches béantes. Personne ne les saluait, et eux, ils ne savaient point s'ils devaient saluer. Toutefois, de part et d'autre, cette froideur venait de l'embarras et non de propos délibéré. Vreeli, troublée, pâlissait, rougissait tour à tour. Sali prit la pauvre enfant par la main et l'emmena. Elle le suivit docilement avec sa petite maison de pain d'épice à la main, malgré que les trompettes retentissent joyeusement dans l'auberge et qu'elle eût grande envie de danser.

— Nous ne pouvons pas danser ici, dit Sali, lorsqu'ils furent quel-

que peu éloignés. Je pense que
nous y trouverions peu de
plaisir.

— Je le sais bien, dit tristement Vreeli, il vaudra mieux d'y
renoncer tout à fait, et je cher-
cherai un refuge pour cette
nuit.

— Non, il faut que tu danses,
cria Sali, c'est pour cela que j'ai
apporté les souliers. Nous irons
là où s'amusent les pauvres gens,
nous sommes pauvres, ils ne
nous dédaigneront pas. Quand il
y a fête par ici, on danse aussi
dans le *Jardin du Paradis*, près
du village! C'est là que nous
irons et tu pourras même y passer
la nuit, au besoin.

Vreeli tressaillit à l'idée de
dormir, pour la première fois,

sous un toit inconnu. Elle n'en
suivit pas moins docilement son
guide : elle n'avait plus rien au
monde que lui !

VI

Le *Jardin du Paradis* était une jolie auberge appuyée à une colline boisée, et d'où la vue s'étendait au loin dans la contrée. Les pauvres gens, les enfants des petits paysans et des journaliers,

voire des vagabonds, venaient s'y
divertir les jours de fête. Elle
avait été construite, il y a une
centaine d'années, par un riche
fantaisiste qui en avait fait sa
demeure de plaisance. Abandonnée
après sa mort, elle avait fini par
échoir à un aubergiste. La maison
ne comptait qu'un rez-de-chaussée
sur lequel s'élevait une galerie
ouverte. Le toit de celle-ci était
supporté par quatre statues de
grès, rongées par le temps, qui
représentaient quatre archanges.
De petits amours musiciens, jouf-
flus et ventrus, jouaient du triangle,
du violon, de la flûte, des cym-
bales et du tambourin autour du
toit. Ces amours étaient aussi en
grès, et leurs instruments de
musique avaient jadis été dorés.

Le plafond, la balustrade de la galerie, tous les murs étaient couverts de fresques effacées, qui représentaient des anges en fête et des saints qui dansaient et chantaient. Par-dessus ces peintures ternies et vagues comme les images d'un rêve, se croisaient les sarments d'une grande treille. Le feuillage en était mêlé de grappes mûres. Enfin, autour de la maison, on apercevait quelques châtaigniers redevenus sauvages, tandis que de gros rosiers noueux se maintenaient sans culture, ainsi que les sureaux.

La galerie servait de salle de danse.

Sali et Vreeli virent de loin des couples tourner sous le toit ouvert. Une multitude joyeuse buvait en bas. Vreeli, rêveuse et triste, portant sa chère maisonnette, rappelait ces saintes de certains vieux tableaux qui portaient à la main le modèle de l'église ou du monastère fondé par elles. La bruyante musique de la galerie lui fit oublier son chagrin. Elle ne pensa plus qu'à danser avec Sali.

Ils se frayèrent passage à travers la foule attablée devant la maison et dans la salle. C'était plein de compères de Seldwyla, qui se donnaient, à bon marché, le plaisir d'une partie de campagne, et de pauvres gens des environs. Les deux jeunes gens montèrent rapidement l'escalier. Ils s'élancèrent dans le tourbillon de la valse, sans avoir même jeté

un regard autour d'eux. Ce ne fut
qu'à la fin de la valse qu'ils
détournèrent les yeux l'un de
l'autre. Vreeli avait brisé sa
maisonnette en dansant. Elle s'en
affligeait, mais l'effroi la prit
en apercevant le ménétrier noir,
près duquel ils s'étaient arrêtés.
Il était assis sur un banc placé
sur une table, et aussi noir que
de coutume. Il avait une touffe
de sapin vert sur son chapeau.
Plantée à ses pieds, il y avait une
bouteille de vin rouge et un verre. Il
ne les renversait jamais, bien qu'en
jouant du violon il trépignât
constamment en une sorte de danse
des œufs. A côté de lui, un beau
jeune homme tout triste, soufflait
dans un cor de chasse. Un petit
bossu râclait une contrebasse.

Sali aussi tressaillit en voyant le ménétrier. Mais celui-ci, les saluant de son air le plus affable, dit :

— Je savais bien que je vous ferais danser un jour ! Allons, mes chers enfants, amusez-vous et buvez avec moi !

Il présenta son verre à Sali ; celui-ci le vida d'un trait. Comme Vreeli demeurait tout effrayée, le ménétrier lui parla du mieux qu'il put. Il lui dit quelques drôleries presques gentilles qui la firent rire. Elle se remit bientôt. Tous deux se réjouirent même d'avoir près d'eux une connaissance, de se trouver en quelque sorte sous la protection du musicien. Ils dansèrent sans interruption, oubliant le monde, s'oubliant eux-mêmes, dans l'enivre-

ment de la danse et du tapage.
Les chants et la musique emplis-
saient la petite maison. Les échos
de cette gaieté allaient se perdre
au loin dans la plaine, peu à peu
envahie par la vapeur argentée du
soir.

Ils dansèrent jusqu'à la tombée
de la nuit. La foule des gais bu-
veurs se dispersa alors de diffé-
rents côtés, chantant et titubant.
Il ne demeura que les vagabonds sans abri, qui vou-
laient compléter une journée de
plaisir par une joyeuse nuit. Plusieurs, qui semblaient, connaître
le ménétrier, se faisaient remar-
quer par la singularité de leur
costume. Un jeune homme, surtout, qui portait une jaquette
verte, et un vieux chapeau de

paille entouré d'une guirlande de
rameaux de sorbier. Sa danseuse
était une fille à la sauvage apparence, attifée d'une robe de coton
rouge cerise, piquée de pois blancs.
Elle portait une couronne de
pampres, sur sa tête, et une
grappe venait tomber sur chaque
tempe en boucle d'oreille. Ce
couple, plus excentrique que tous,
dansait, chantait sans lassitude,
semblait être dans tous les coins
à la fois. On voyait aussi une
jolie fille, dont la taille svelte se
dessinait sous une vieille robe de
soie noire. Elle était coiffée d'un
mouchoir blanc dont la pointe
retombait sur son épaule. Ce
mouchoir n'était qu'une serviette
de table, on le devinait aux fils
rouges qui perçaient à l'un de ses

coins : mais il ombrageait deux
brillants, et beaux yeux bleus. Six
rangs de graine de sorbier, qui
descendaient de son cou sur son
sein valaient le plus beau collier
de corail. Cette étrange personne
dansait toute seule, elle renvoyait
obstinément les danseurs et n'en
tournait qu'avec plus de grâce et
de souplesse, souriante lorsqu'elle
passait, devant le jeune homme
qui soufflait mélancoliquement
dans son cor de chasse, et qui
détournait la tête. Les autres dan-
seuses et leurs cavaliers avaient
aussi pauvre apparence, mais
n'étaient pas moins de bonne humeur et semblaient s'entendre à
merveille. Lorsqu'enfin la nuit fut
venue, l'aubergiste refusa d'al-
lumer. Il prétendait que le vent

éteindrait les lumières. Puis la
pleine lune allait se lever, et pour
ce que rapportait la pauvre clientèle, cet éclairage était bien suffi-
sant. La proposition ne fut point
trop mal reçue. Appuyés contre
la balustrade de la salle aérienne,
tous attendaient l'astre dont la
rougeur paraissait déjà à l'horizon.
Aussitôt que le disque commença
de monter derrière la colline et
que ses premiers rayons tombèrent
obliquement sur la galerie du
Jardin du Paradis, on se remit à
danser au clair de lune avec autant d'entrain et de joie que si
l'on avait allumé cent bougies.
La mystérieuse lumière semblait
rapprocher les assistants et rendre
le plaisir plus intime. Sali et
Vreeli ne purent s'empêcher de se

....

méler à la gaieté de tous. Ils dansèrent aussi avec des étrangers.
Mais, lorsqu'ils avaient été séparés
un moment, ils accouraient l'un
vers l'autre avec de nouveaux
transports. C'était une joie comme
s'ils se fussent cherchés pendant
des années. Sali avait une figure
chagrine lorsqu'il dansait avec
une autre. Il tournait sans cesse
son regard du côté de Vreeli.
Elle semblait ne pas le voir lorsqu'il passait à côté d'elle. Rouge
comme une rose rouge, elle paraissait bien heureuse avec chaque
danseur.

— Sali, es-tu jaloux ? fit-elle, tandis que les musiciens se reposaient.

— Que Dieu m'en préserve! dit-il. J'ignore même ce qu'est la
jalousie.

— Pourquoi as-tu donc l'air si mécontent lorsque je danse avec un autre ?

— Ce qui me fâche, ce n'est point cela, mais d'être forcé de danser avec d'autres ! Je ne puis souffrir aucune autre que toi ! C'est chaque fois comme si j'avais une bûche entre les bras. Et toi, que sens-tu ?

— Oh ! je suis comme au paradis ! Il suffit que je te sache là ! Je tomberais morte, je crois, si tu t'en allais et me laissais seule.

Ils étaient redescendus, au devant de la maison. Vreeli mit ses deux bras autour du cou de Sali. Elle serra contre lui son corps tremblant, pressa sa joue brûlante et moite contre la figure de son ami, et sanglota :

— Nous ne pouvons vivre ensemble ! Et cependant je ne puis plus te quitter, ni une minute, ni une seconde !

Sali, saisissant passionnément la jeune fille entre ses bras, se mit à la couvrir de baisers. Il se creusait en vain l'esprit pour chercher une issue : il n'en pouvait voir aucune. Quand bien même il arriverait à triompher de la misère et de la dégradation de sa famille, sa jeunesse, son inexpérience, son amour ne lui permettaient pas d'envisager l'idée de longues années d'épreuves et de sacrifices.

Et puis il y avait le père de Vreeli, rendu misérable pour toujours. Le sentiment de ne pouvoir jouir du bonheur que

par une union honnête et déga-
gée de tout remords, était aussi
vivace chez Sali que chez Vreeli.
C'était le dernier feu, dans le
cœur des deux enfants abandonnés, de cet honneur dont leurs
familles s'étaient jadis montrées si
fières. Cet honneur mal compris,
qu'ils croyaient augmenter de tout
ce qu'ils ajoutaient à leur propriété, avait poussé leurs pères à
s'emparer du bien d'un inconnu.
Ils espéraient que leur action
demeurerait impunie, ce qui
arrive tous les jours. Mais, de
temps à autre, le destin punit ces
fanatiques d'honneur et de richesses,
en les mettant aux prises : une
lutte sans trêve s'engage alors. Ils
se dévorent comme des bêtes
féroces. Dans les plus pauvres

chaumières, se cachent souvent
des ambitions non moins vives
que celles qu'on trouve sur des
trônes, et tous ces conquérants
rencontrent la même récompense
inattendue de leurs travaux : leur
glorieux blason se retourne et se
transforme en écriteau ignomi-
nieux.

Sali et Vreeli se rappelaient
avoir été des enfants de bonne
famille et que leurs pères étaient
heureux et respectés comme les
autres hommes. Séparés ensuite
durant de longues années, pour
se retrouver au jour de la ruine
de leurs maisons, ils en étaient
plus vivement attirés l'un vers
l'autre; leur malheur commun
avait rendu leur amour indis-
soluble. Ils désiraient être heu-

reux, et sentaient ne le pouvoir
que d'une manière légitime. Mais
ce bonheur paraissait impossible,
et tout leur sang bouillonnant,
aspirait à se mêler.

— Voici la nuit, fit Vreeli. Il
faut nous quitter.

— M'éloigner ! T'abandonner !
s'écria Sali. Non, je ne le puis
pas !

— Mais le jour reviendra sans
que nous nous trouvions mieux
qu'en ce moment.

— Arrivez donc, mes jeunes
étourdis... je veux vous donner
un conseil, fit une voix perçante,
tandis que le ménétrier se présen-
tait devant eux. Vous êtes là sans
savoir comment faire, et dans un
grand désir l'un de l'autre : pre-
nez-vous donc, tels quels, sans

retard ! Venez avec mes bons
amis et moi dans la montagne.
Là, il ne faut ni argent, ni papiers,
ni honneur, ni lit : rien que
votre bon plaisir. On n'est pas
mal chez nous ! L'air est sain et
la nourriture suffisante pour qui
veut travailler. Les vertes forêts
sont nos demeures. Nous nous y
aimons à notre souhait. En hiver,
nous nous construisons des petits
nids bien chauds, ou nous nous
glissons dans le foin des paysans.
Allons, prenez votre décision !
Célébrez ici la noce et accompagnez-
nous. Et puis, adieu les tracas !
Vous serez l'un à l'autre pour
toujours, c'est-à-dire pour aussi
longtemps que vous voudrez, car
on devient vieux dans notre libre
vie. Ne pensez pas que je vous

garde la moindre rancune du mal que vos parents m'ont fait. Non ! je suis content de vous voir arrivés où vous en êtes, mais je n'en demande pas plus, et je vous aiderai si vous consentez à me suivre.

Comme il parlait, sa voix avait un accent de bienveillante franchise.

— Et bien, ajouta-t-il, réfléchissez et suivez-moi si vous trouvez bon mon conseil. Envoyez promener le monde, mariez-vous, ne vous mettez en peine de personne ! Songez au joyeux lit de noces dans la forêt ou dans une meule de foin si vous avez froid !

Il rentra dans la salle. Vreeli frissonnait dans les bras de Sali qui lui dit :

— Qu'en penses-tu ? Il me semble qu'il ne serait pas tellement mauvais de vouer le monde au diable, et de nous aimer sans crainte et sans obstacle ! Il le disait plutôt par une plaisanterie désespérée que d'une manière sérieuse. Mais Vreeli le prit-pour la vérité et répondit en l'embrassant :

— Non, je ne voudrais pas y aller, on n'y vit pas à mon idée. Le jeune homme au cor de chasse et la jeune fille à la robe de soie se sont mariés de même façon et se sont, dit-on, beaucoup aimés. Or, la semaine dernière, pour la première fois, elle lui a été infidèle. Il ne peut se le faire entrer dans la tête et c'est pour cela qu'il est triste et qu'il la boude, elle, et le reste de la bande, qui se moque de lui. Elle fait maintenant pénitence, par risée, en dansant seule et ne parlant à personne, mais c'est tout raillerie. A la mine du pauvre musicien, on voit bien qu'ils se réconcilieront de nouveau ce soir. Dans un endroit où se passent de pareilles choses, je ne voudrais pas vivre. J'endurerais tout pour être à toi, mais il me serait impossible de t'être infidèle.

La pauvre Vreeli tressaillait et frissonnait encore davantage dans les bras de Sali. Depuis que, à midi, leur hôtesse l'avait crue fiancée, et qu'elle avait joué ce rôle, cette idée embrasait son sang. D'autant plus elle percevait que ses désirs étaient sans espoir, d'autant plus elle les sentait devenir brûlants et irrésistibles. Chez Sali, le trouble n'était pas moindre : si peu qu'il eut envie de les suivre, les amis du ménétrier l'excitaient quand même, et c'est d'une voix peu sûre qu'il dit à Vreeli :

— Rentrons ! Il faut que nous prenions encore quelque chose !

Ils entrèrent dans la salle. Il n'y avait plus que la petite troupe de bohémiens, en train de faire honneur à un maigre régal.

— Voilà nos fiancés, cria le ménétrier. Soyez donc gais... Amusez-vous... Mariez-vous !

On les contraignit à s'asseoir. Ils cédèrent, trop heureux de se distraire un moment d'eux-mêmes parmi des étrangers. Sali fit venir du vin et des mets en abondance.

....

Bientôt la joie monta, bruyante et générale. Le musicien boudeur s'était remis avec son infidèle : les deux amants se caressaient avec ardeur. Le couple aux vêtements bizarres buvait et chantait, et s'embrassait également. Le ménétrier et le bossu criaient comme des sourds. Seuls, Sali et Vreeli restaient taciturnes.

Soudain, le ménétrier demanda le silence, pour célébrer une cérémonie grotesque qui remplaçait, soi-disant, le mariage : les amants se donnaient la main, tandis que les assistants se levaient à tour de rôle, les congratulant et leur souhaitant la bienvenue dans la confrérie. Sali et Vreeli les laissaient dire sans répondre un mot.. Ils considéraient la chose comme une plaisanterie, et cependant des frissons parcouraient leurs corps malgré eux. Surexcitée par un vin généreux, la société se faisait toujours plus gaie et tapageuse. A la fin, le ménétrier donna le signal du départ.

— La route est longue, et il est passé minuit, fit-il. En route ! Nous guiderons nos nouveaux époux : je leur jouerai du violon pour que tout ça ait tournure de noce.

Les deux pauvres abandonnés, de plus en plus troublés, se laissèrent encore mener. On les mit en tête. Les autres couples suivirent. Le bossu venait le dernier, portant sa contrebasse sur son dos. Quant au ménétrier noir, il allait devant, râclant son violon comme

un possédé. Ils dévalèrent ainsi la
côte tous ensemble, riant, sautant,
chantant. C'était comme une
bande d'enragés lâchés par les
campagnes silencieuses. On tra-
versa le village de Sali et de Vreeli :
les habitants y étaient depuis
longtemps endormis. Tandis que
Sali et Vreeli traversaient les rues
tranquilles, devant les propres
maisons qui avaient appartenu à
leurs pères, une sauvage et dou-
loureuse excitation les saisit tout
soudain.

Ils se mirent à danser comme
les autres, derrière le ménétrier,
en s'embrassant, riant et pleurant.
Toujours en sautant, ils gravirent
la colline où se trouvaient les trois
champs côte à côte. Au sommet,
le noir ménétrier fit grincer son

violon d'une manière plus sauvage, en gambadant dans la nuit
claire, comme un spectre. Derrière
lui, rivalisant de fougue, dansaient ses compagnons, tellement
que la tranquille colline était
comme transformée en sabbat. Le
bossu bondissait avec sa contrebasse. Personne ne s'occupait plus
des compagnons. Alors, Sali prit
Vreeli par le bras, la forçant de
s'arrêter. Il reprenait possession de
lui-même, et il baisa vivement
Vreeli sur la bouche pour la faire
taire, car elle chantait à haute voix
et ne se possédait plus. Elle comprit. Ils s'arrêtèrent et écoutèrent,
tant que leur cortège de noce eût
disparu au bord de la rivière, brail-
lant et chantant encore. Nul ne
s'aperçut du départ des amants.

Quelque temps le bruit des vio-
lons, les cris des jeunes filles et

des vagabonds s'entendirent. Puis,
tout se tut. La nuit redevint silencieuse.

— Nous leur avons échappé,

dit Sali, mais comment échapper à nous-mêmes ? Comment nous séparer ?

Sans force pour répondre, Vreeli se suspendit au cou de Sali. Celui-ci poursuivit :

— Le mieux ne serait-il pas de retourner au village et de réveiller les gens pour qu'ils te reçoivent ? Tu pourras, demain, te mettre en route ; sûrement tu réussiras partout, et tu seras heureuse.

— Heureuse sans toi ?

— Il faut m'oublier.

— Jamais ! Est-ce que tu pourrais m'oublier, toi ?

— Il ne s'agit pas de cela, ma chérie, dit Sali en caressant doucement les joues brûlantes qui se pressaient amoureusement contre sa poitrine. Pour l'heure, il ne s'agit que de toi. Tu es encore si jeune que tu peux être heureuse partout.

— Et toi, tu ne le peux pas, vieillard ?

— Viens ! fit Sali en l'entraînant.

Mais, bientôt, il s'arrêtèrent encore pour se caresser et s'embrasser. La nuit chantait comme une délicieuse musique dans leurs âmes. On entendait seulement le bruit lointain de la rivière, dont les eaux paisibles coulaient lentement.

— Que tout est beau autour de nous ! N'entends-tu pas une sorte de chant harmonieux ou bien le bruit d'une cloche ?

— Ce n'est que l'eau qui coule par là, sinon tout est tranquille.

— Mais non, j'entends encore

autre chose, par ici, là-haut...
partout !

— Je pense que ce sont nos
oreilles qui bourdonnent.

Un instant ils écoutèrent ces
sons réels ou imaginaires. C'était
sans doute le silence profond de la
nuit, ou le clair de lune féerique
tremblotant sur les brumes pâles
de l'automne, qui avaient causé
leur illusion.

Vreeli se souvint tout à coup
de quelque chose. Elle fouilla
dans son corsage :

— J'ai acheté un souvenir pour
toi. Je voulais te le donner...

Elle lui offrit l'anneau, et le
passa à son doigt.

Sali prit alors, lui aussi, sa
petite bague et la mit au doigt de
Vreeli, disant :

....

— Je vois que nous avons eu
ensemble la même idée.

Vreeli, levant sa main dans la
pâle clarté lunaire, contempla sa
bague.

— Comme elle est jolie, fit-elle,
souriante. A présent, nous sommes
promis et fiancés. Tu es mon mari,
je suis ta femme. Nous le croirons
le temps que ce nuage ait passé
sur la lune, ou seulement de
compter jusqu'à douze : embrasse-
moi douze fois.

Sali aimait avec une force égale
à celle de Vreeli, mais la question du mariage ne s'offrait pas à
lui sous cette forme de dilemne
absolu et passionné. Il n'en faisait
pas une question d'être ou de
n'être pas, comme elle. Une
lumière soudaine l'éclairait enfin.

A l'entraînement de la jeune fille,
répondit alors chez lui un désir
ardent et sauvage. Son esprit fut
éclairé d'une lumière brûlante.
Quelles qu'eussent été jusque là
ses fougueuses caresses il trouva
d'autres étreintes et d'autres baisers.
Malgré la passion qui la dévorait
elle-même, Vreeli perçut tout de
suite cette transformation. Elle
trembla de tout son corps. Toutefois, le nuage n'avait pas encore
passé devant la lune, qu'elle sentait à son tour le même délire.

Dans cette lutte de caresses
suprêmes, leurs mains, ornées de
l'anneau nuptial, se rencontrèrent
et se saisirent avec force. Ils
accomplissaient ainsi les fiançailles
sans que leur volonté y participât
clairement, et le cœur de Sali

....

tantôt s'arrêtait, tantôt battait à se rompre. L'haleine lui faiblit ; il murmura d'une voix basse :

— Il ne nous reste qu'une chose, Vreeli : célébrons nos noces maintenant, puis quittons cette terre... Là-bas, l'eau est profonde : personne ne pourra nous séparer. Du moins, nous aurons été unis : peu de temps ou beaucoup, que nous importera !

Vreeli répondit en hâte :

— Ce que tu dis là, Sali, je l'ai pensé depuis bien longtemps ! Nous mourrons et tout finira !... Jure-moi que tu veux mourir avec moi !

— C'est fait ! cria Sali hors de lui. Rien que la mort ne te reprendra de mes mains !

Vreeli respira avec force et des

larmes de joie jaillirent de ses yeux. Elle se leva, elle s'élança légère comme un oiseau vers la rivière.

Sali se mit à sa poursuite, rapidement, car il pensait qu'elle voulait lui échapper. Elle, au contraire, s'imaginait qu'il voulait la retenir. La course dura quelques minutes. Vreeli riait comme un enfant qui refuse de se laisser attraper.

— Te repens-tu déjà? firent-ils ensemble en se joignant au bord de la rivière.

— Non, ma joie est de plus en plus grande!

Tout chagrin oublié, ils descendirent rapidement par le rivage, gagnant de vitesse, dans leur course, l'eau qui coulait, telle-

ment leur hâte était grande de
trouver un endroit favorable. Leur
amour ne voyait plus que l'ivresse
de l'union, la vie entière concen-
trée dans un bref moment de
bonheur. Le reste, la mort, le
néant, n'étaient plus qu'un souffle.
Ils y pensaient moins que le pro-
digue ne songe comment il vivra
le jour suivant, tandis qu'il dé-
pense ses dernières ressources.

— Mes fleurs me précèdent, dit
Vrecli. Vois! elles sont déjà
toutes fanées.

Elle les ôta de son sein et, les
lançant à l'eau, elle chanta à voix
haute :

> Mais mon amour pour toi
> Est plus doux que l'amande.

Ils étaient parvenus à une route

qui allait à la rivière. Là, se trouvait une petite crique où était
attaché un gros bateau plein de
foin.

— Ce sera ton cadeau de noces.
Tu auras une couche flottante, un
lit comme nulle épouse n'en eût
jamais ! D'ailleurs, les gens re-
trouveront leur bateau plus loin.
Ils ne sauront pas comment il
sera parvenu seul là où il s'ar-
rêtera ! Vois, il se balance déjà, il
veut partir.

Le bateau flottait dans l'eau
profonde à quelques pas de la rive.
Enlevant Vreeli dans ses bras,
Sali entra dans l'eau pour parvenir
au bateau. Elle se débattait comme
un poisson, tout en le comblant de
caresses, et Sali se maintenait
difficilement. Elle voulait plonger

sa figure et ses mains dans l'eau.
Elle s'écriait :

— Je veux aussi sentir l'eau
fraîche ! Te rappelles-tu comme
nos mains étaient froides et humides quand nous nous les sommes données la première fois ?
Nous attrapions des poissons ; à
présent c'est nous qui allons devenir de gros et beaux poissons.

— Tiens-toi en repos, mon cher
démon, dit Sali, qui avait bien du
mal à lutter contre les efforts réunis
de la jeune fille et des vagues. Le
courant va m'emporter.

Il la déposa dans le bateau et y
entra lui-même. Il plaça Vreeli
sur la couche embaumée du foin
et se mit près d'elle. Quand ils
furent assis, le bateau, qui était
maintenant au milieu du courant,

....

commença de descendre la rivière
avec lenteur.

Elle coulait ici le long des sombres forêts qui la couvraient de
son ombrage, là elle traversait les
campagnes heureuses, puis elle
baignait de tranquilles villages ou
de solitaire cabanes. Parfois, elle
semblait quelque lac paisible où
le bateau demeurait presque immobile, ensuite elle bouillonnait
dans un canal boisé, ou fuyait le
long des rives endormies. Le jour
se leva, et une ville, avec ses
tours, sembla surgir du sein de la
rivière. La lune couchante, rouge
comme l'or, teignit l'eau d'un
sillon brillant. Et le bateau appro-

chait lentement de la ville, au milieu du froid crépuscule d'automne, quand deux figures blanches, se tenant embrassées, tombèrent silencieusement, de la masse obscure du bateau, dans les flots.

Le bateau s'arrêta plus loin, contre l'arche d'un pont. On repêcha les cadavres en aval de la ville, et après que leur identité eût été reconnue, on put lire dans les journaux que deux jeunes gens, appartenant à deux familles réduites à la misère par une haine irrémédiable, avaient cherché la mort dans les flots, après avoir dansé ensemble toute la journée à une fête paroissiale.

Le fait qu'un bateau de foin sans conducteurs, venu du même

village, avait été retrouvé le lendemain dans les eaux de la ville, permettait de penser que ces jeunes gens s'étaient servi du bateau pour accomplir leur union impie et désespérée, nouvelle preuve des progrès de l'immoralité et de l'empire croissant des mauvais exemples.

Table

PRÉFACE.

Imprimerie du *Carillon Illustré*

L. BOREL. — 131, Boulevard Raspail

PARIS

Catalogue

✩

1895

Collection Papyrus

"PAPYRUS"

" Collection Papyrus "

———

Plus l'humanité marche de l'avant, et plus s'accumulent d'immenses, de vertigineuses quantités de documents et de matériaux de science, d'art, de littérature, d'histoire. Parmi tant d'éléments épars, la vie de

l'homme d'étude la mieux occupée, la mieux servie par un cerveau encyclopédique, ne saurait
plus suffire — et combien moins
la vie fiévreuse de l'homme
d'affaires, de l'avocat, de l'ingé-
nieur, de l'artiste, de l'homme
du monde!

L'ordre, l'harmonie, le choix,
sont plus réclamés à l'heure
actuelle que même l'invention
et la recherche. La grande œuvre
de demain sera de rendre assimi-
lable notre prodigieux chaos, de
faire une synthèse qui permette
de reconnaître d'un coup d'œil
tout ce qui procède des mêmes
origines. Nous avons l'ambition
d'être du nombre de ceux qui
faciliteront l'effort vers la clarté,
en fondant notre *Collection Papyrus*.

Cette collection repose sur une idée qui n'a jamais été tentée en librairie, peut-être à peine entrevue; c'est d'unir si étroitement l'Art et la Littérature que, tout en constituant une bibliothèque complète des chefs-d'œuvre littéraires de toutes les époques, on donne en même temps une vision intense et exacte de l'Art correspondant. Pour réaliser cette conception, il faut arriver en quelque sorte à illustrer chaque grand écrivain par les œuvres INTERPRÉTÉES des artistes de son temps, et compléter le tout par des études en raccourci sur les travaux intellectuels et les croyances de chaque période, de manière que *l'Iliade* ou *l'Enfer*, le *Misanthrope* ou *Don Quichotte*, les *Bucoliques* ou les *Odes* d'Anacréon, nous apparaissent dans leur cadre, nous ramènent aux époques et aux milieux de leur création, par la triple voie de l'histoire, de la poésie et de la vision artistique. On réalisera véritablement ainsi une œuvre de synthèse propre à abréger la route tout en augmentant l'agrément du voyage (1).

La collection ne serait pas complète si elle ne remontait pas jusqu'à ces origines dont nous ne connaissons pas la littérature, mais dont nous possédons d'inestimables documents, tantôt ébauches d'Art, tantôt

(1) Qu'on nous entende bien : il n'est nullement question d'offrir des *fac-simile* à nos lecteurs, mais bien d'illustrer les textes avec des dessins *inspirés,* par l'art de chaque époque, aux premiers illustrateurs de l'heure présente : les Calbet, les Marold, les Mittis, les Picard, les Rossi, etc...

Art complet, nous voulons parler
des temps préhistoriques et de la
plus grande partie de la civilisation égyptienne et sémitique :
l'histoire en sera tracée par la
Plume qui sait le plus éloquem-
ment faire revivre les temps primitifs.

Tel est notre programme. Ce
n'est pas d'aujourd'hui qu'il date,
ni même d'hier. Depuis plus de
trois ans nous n'avons cessé de
le préparer et de le mûrir; mais
jusqu'à présent nous avons dû
reculer devant son importance
extrême, jointe aux grandes res-
ponsabilités intellectuelles qu'il
comporte. Le *Nelumbo* a été
notre pierre de touche. Par son
incomparable succès, il nous a
montré combien nous étions
dans le vrai, combien sont nom-

breux les esprits qui vibrent aux mèmes ondes d'art. — Ce n'était cependant qu'un petit morceau de l'idée générale, dont aujourd'hui seulement nous pouvons sans crainte rêver la réalisation.

Notre dessein s'est fortifié à la lecture des milliers d'adhésions venues de toutes parts. Mettant à profit les indications précieuses recueillies dans ce vaste échange d'impressions, cette sorte de plébiscite qui indique, comme l'aiguille aimantée, la direction du courant, nous avons pù arrèter notre plan définitif.

Il ne semble pas que nous puissions prévoir une hésitation parmi nos amis, ni même chez aucun esprit réfléchi, chez aucun cerveau soucieux d'art et de littérature. Cela d'autant plus, qu'il n'en coûtera pas davantage qu'une des innombrables, imparfaites et laides collections partielles qui encombrent la librairie.

En une quarantaine de volumes, une cinquantaine au plus — nous créerons une bibliothèque unique, où se trouveront d'abord tous les chefs-d'œuvres consacrés par les siècles, ensuite un choix très spécial, très médité, d'œuvres de second plan, qu'il importe à chacun de connaître.

Et cette bibliothèque ne vieillira point comme une encyclopédie ou une géographie. Ce sera une espèce de musée, immuable — surtout en ce qui concerne la partie classique.

La *Collection Papyrus* comprendra :

Les temps primitifs de l'Art,

contenant la *Préhistoire* et les débuts de la civilisation, en 1 volume.

Les temps héroïques de l'Art, comprenant la littérature égyptienne et sémitique en 1 volume.

La *Littérature grecque,* depuis Homère jusqu'à la période Byzantine, en 8 ou 10 volumes.

La *Littérature latine* en 6 ou 8 volumes.

Le *Moyen-Age* en 5 volumes.

La *Renaissance* en 4 à 6 volumes.

Le *Siècle de Louis XIV* en 4 à 6 volumes.

Le *XVIIIe siècle* en 4 à 6 volumes.

Le cycle parcouru, nous y ajouterons une dizaine d'œuvres de la grande littérature hindoue, puis des recueils arabes, persans, chinois, japonais, etc.

Il est bien entendu que chaque auteur sera publié de manière à faire *un tout* par lui-même, c'est-à-dire contenant le *texte original* ou sa *traduction,* une *notice bibliographique,* et *une étude* sur l'Art et la Littérature du temps. Cela nous permettra, selon des circonstances d'actualité ou de facilité, de ne pas suivre un ordre rigoureux dans les dates de publication, il nous arrivera par exemple de mettre au jour un auteur de la Renaissance ou du

Moyen-Age après un auteur grec, ou même, pour satisfaire à la diversité des goûts et des demandes, de commencer parallèlement deux ou trois époques différentes.

Nous ne rencontrerons pas, croyons-nous, d'incrédules en affirmant que notre collection aura un cachet artistique qui la mettra hors de pair parmi toutes les tentatives similaires. Notre passé répond de notre avenir. — Nous n'avons pas cessé un seul jour de progresser, depuis la fondation de nos Collections artistiques.

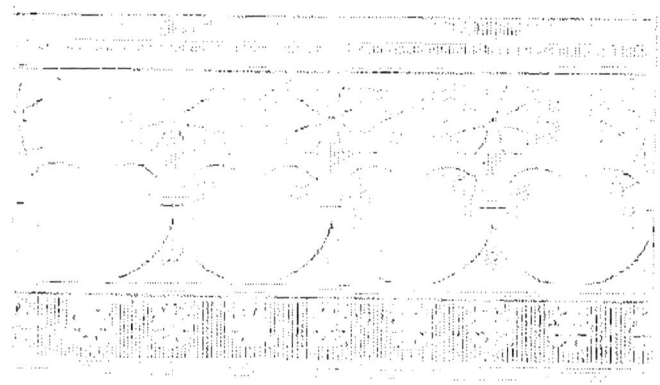

Chaque volume de cette nouvelle collection est indépen-
dant, et forme un tout par lui-
même. Dans son ensemble, la
série comprendra 30 à 40 volumes, constituant une bibliothèque

complète de l'Art et de la Littérature, depuis les temps les plus reculés, jusqu'à nos jours, et chaque œuvre, publiée intégralement, sera illustrée et décorée, en s'inspirant de l'époque où elle a paru — Egyptienne, Grecque, Gothique ou XVIIIe siècle — constituant ainsi une série de haute originalité de style et de types variés, d'un effet charmant, dans un format cependant identique.

La série des études données en préface de chaque livre, formera, dans son ensemble une histoire concise, mais très complète, de l'évolution artistique de l'Humanité.

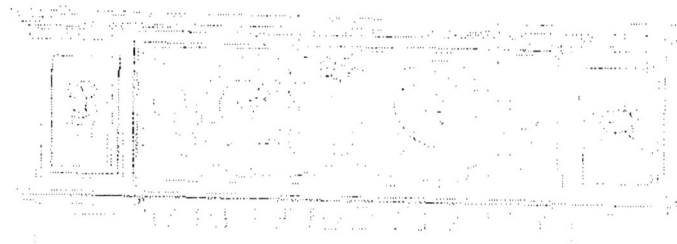

Les *Papyrus* seront de beaux
et élégants volumes mesurant
8,5 sur 16,5. — 300 pages
de texte, caractères elzévir de la
plus admirable pureté de gravure
— papier de grand luxe, d'un
léger teinté, reposant l'œil, et

couverture en double nuances délicates, imprimée en couleur — Illustrations de nos meilleurs artistes, PICARD, MITTIS, MAROLD, GAMBARD, ROSSI, CALBET, etc. — Gravures sur bois de nos plus fins graveurs.

La Collection *Papyrus* comprendra : Les *Temps primitifs de l'Art* — *La Littérature et l'Art Egyptien et Sémitique* — *La Littérature Grecque :* Homère, Eschyle, Pindare, Anacréon, Euripide, Sapho, Lucien, Aristophane, Théocrite, etc., etc. — *La Littérature Latine :* Virgile, Horace, Juvénal, Térence, Ovide, Apulée, Lucain, etc., etc. — *La Littérature du Moyen-Age,* du Dante à Jean de Meung, de Thibaut à

Villon. — *La Renaissance,* de
l'Arioste à Rabelais, de Ronsard
au Tasse. Enfin le xvie et les
xviie et xviiie siècle, les Shakes-
peare, les Camille, les Racine,
les Milton, les Voltaire, les
Rousseau, les Diderot, etc., etc.

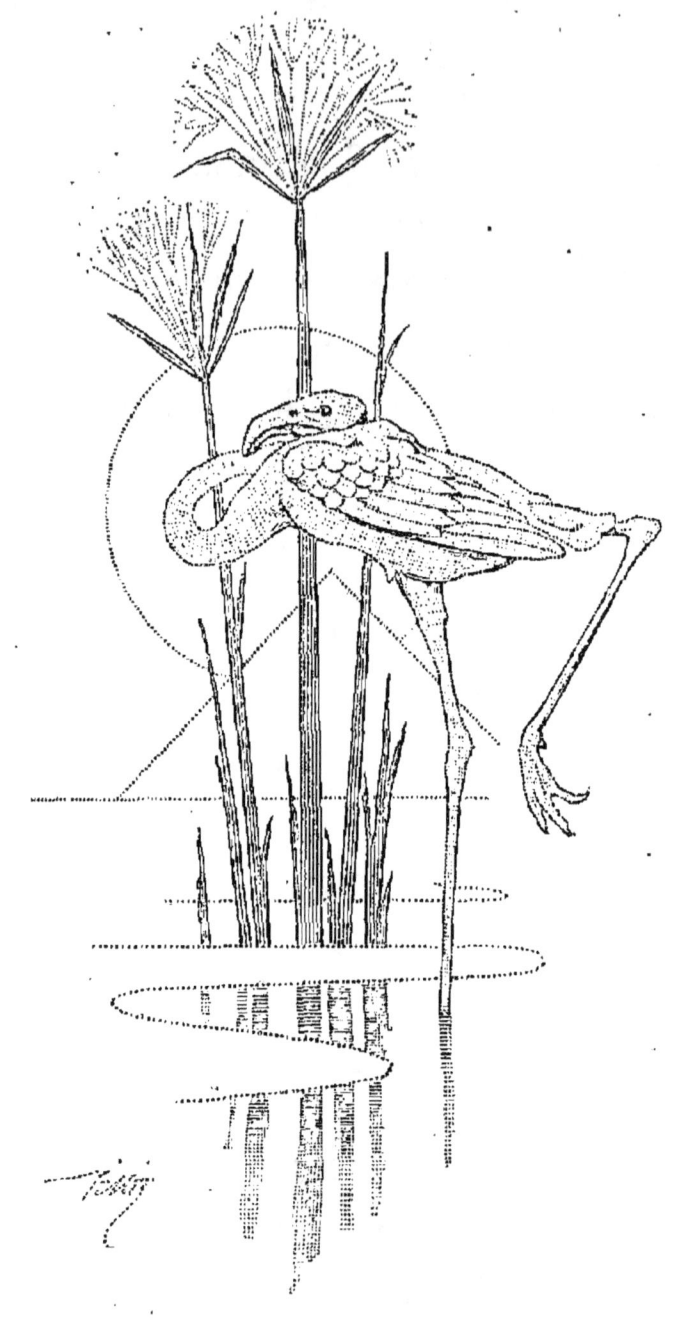

FAC-SIMILÉ DU FER "PAPYRUS"

Spécial aux reliures souples et gardes de soie.

Reliures d'Art

✩

Collection Papyrus

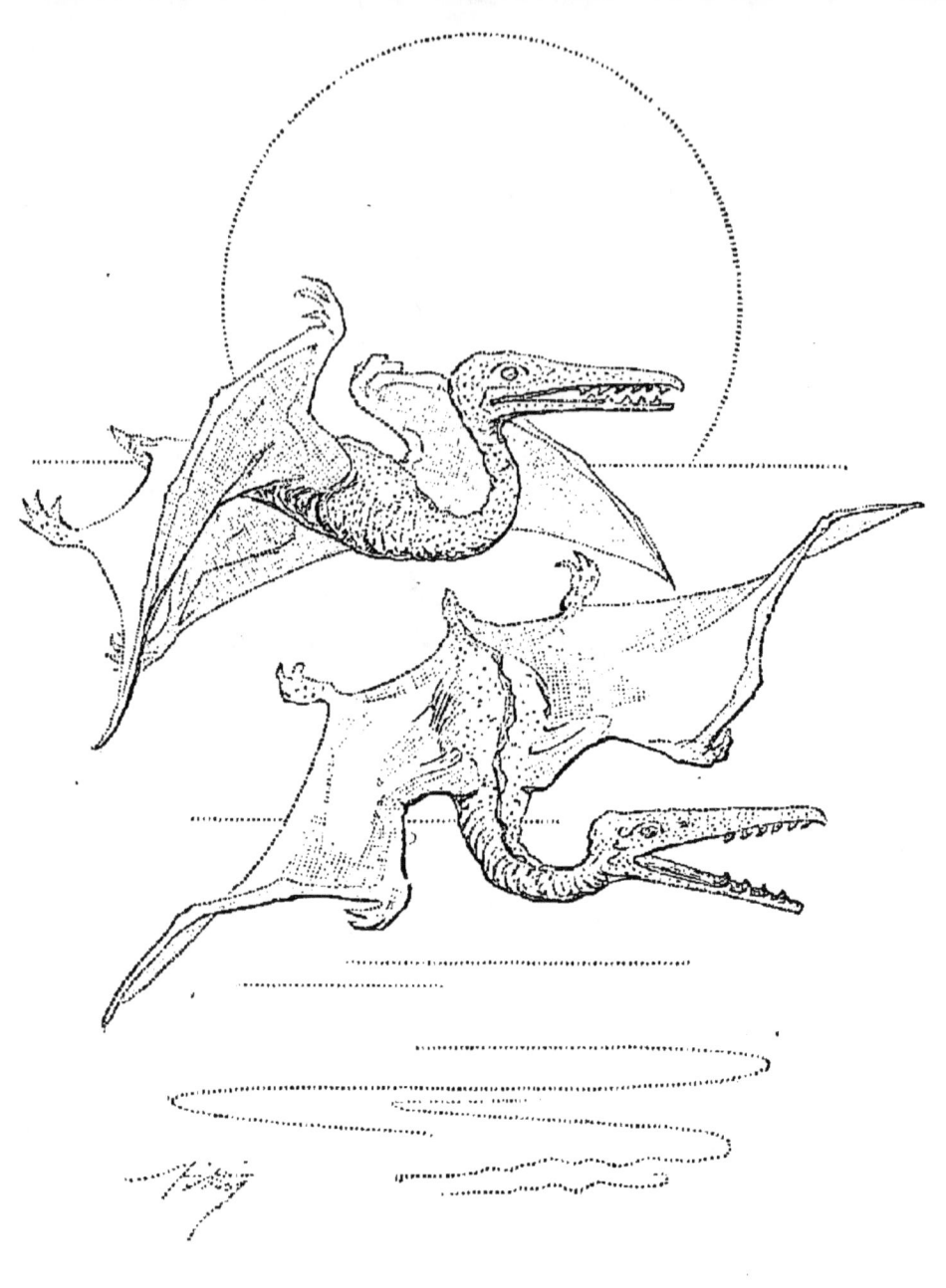

FAC-SIMILÉ DU FER MOSAÏQUÉ spécial pour *Les Origines*

"Collection Papyrus"

Format 8 sur

Les obligés, par J. H. Rosny . . . 1 vol.
Agrippine Nilako . . . . 1 vol.

EN PRÉPARATION :

Homère . . . L'Iliade . . . . . . 2 vol.
             L'Odyssée . . . . . . 2 vol.

✻

PRIX :

Broché, chemise parchemi-
né, scellée du cachet
d'or Papyrus . . . . . . 5 fr.

Relié, demi-maroquin, coins
et filets or, dos à
nerfure. . . . . 8 fr.

Relié, veau plein souple, dos
sans nervure : sur le plat,
fer *japon*, (voir p. 20)
dessiné par Martin. . . 6 fr. »

Relié, maroquin plein, motif
gravé et mosaïqué sur
le plat : dentelle et fers
japon sur les gardes de
soie. . . . . 15 fr. »

Cette reliure a été exécutée
et tirée à 25 exemplaires
qui sont à chaque envoi
à l'épreuve : mais chaque
d'Asie pour le fer plat.

Tirage spécial numéroté

25 exemplaires sur Chine et 25 exemplaires
sur *Japon*.

BRUXELLES . 10 FR.

Collection Chardon Bleu

Le *Chardon Bleu* sera en quelque sorte une collection de vacances. L'idée nous en est venue d'ailleurs, dans les Alpes, l'été dernier. Cette collection pourra être goûtée par nos délicats lecteurs de tous les pays, aussi bien que par les habitants des contrées auxquelles le *Chardon bleu* empruntera ses récits, ses légendes, ses curiosités littéraires, anciennes et modernes.

Avons-nous besoin de dire que cette Collection sera aussi belle et artistique que l'indique son titre? Tous les voyageurs savent qu'en dépit de son nom épineux, le chardon bleu est une des plus belles plantes alpines à la fleur et au feuillage également merveilleux, recherchée autant que la Soldanelle par les ascensionnistes.

Le tirage de nos collections, est limité et nos volumes ne seront jamais réimprimés.

" Collection Chardon Bleu "

Format 8 sur 13,5

G. KELLER . . *Roméo et Juliette au*
                Village . . . . . 1 vol.

E. RAMBERT . *La Bataille de Poi-*
                tiers . . . . . 1 vol.

PRIX :

Broché, chemise parchemi-
née, scellée du cachet d'or
Chardon bleu . . . . . 2 fr. 50

Relié, demi-maroquin, coins
et filets d'or, dos à
nervure.. . . . . 5 fr. 50

Relié, veau plein, souple,
dos sans nervure; sur le
plat, fer *Chariot de Nuit*,
dessiné par Morris. (Re-
liure très élégante spé-
ciale au *Chariot Noir*). 5 fr. 50

Relié en maroquin plein,
dentelle et fer spécial
sur les gardes de soie. . 12 fr. 50

Tirage spécial numéroté

25 exemplaires sur *Chine* et 25 exemplaires
sur *Japon*

BROCHÉS : 10 FR.

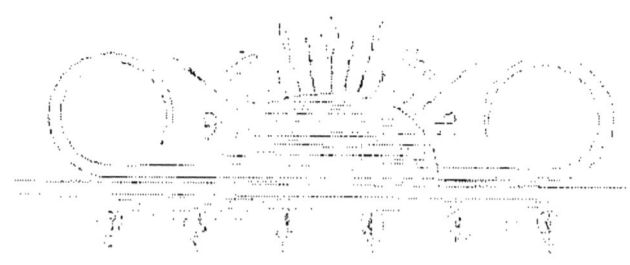

Imprimerie du *Chariot d'Or*,
L. Bouet, 131, boulevard Raspail, Paris.

Le Carillon illustré

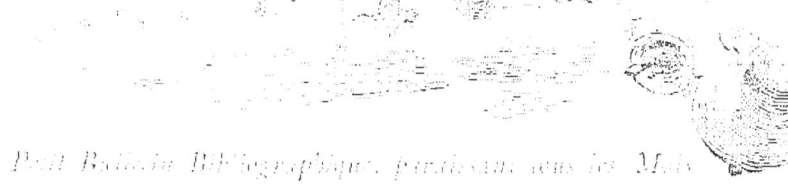

Petit Bulletin Bibliographique, paraissant tous les Mois

DESSINATEUR
Édouard Guillaume

RÉDACTEUR EN CHEF
J. de Fortuna

Administration et Rédaction : Librairie BOREL
Paris — 21, quai Malaquais, 21 — Paris.

En tête tiré de *Roméo et Juliette au Village*

Détacher cette page (voir au verso)

Abonnements

———×———

Le Carillon illustré n'a pas d'abonnés payants, il est envoyé gratuitement à toute personne qui en fait la demande.

Cependant *Le Carillon illustré* n'est pas une PRIME, c'est une revue complètement indépendante dont le but est de renseigner les bibliophiles amis de nos livres.

Pour exprimer le désir de recevoir régulièrement notre *Petit Bulletin bibliographique illustré*, il suffit de détacher la page que nous ajoutons à la fin de chacun de nos volumes, d'y joindre sa carte de visite, et d'adresser le tout, sous enveloppe, au Directeur du *Carillon illustré*, 21, quai Malaquais, Paris.

Pour recevoir ce qui est paru, ainsi que nos catalogues, ajouter o fr. 15 en timbres pour l'affranchissement.

Les acheteurs étrangers, qui n'ont pas de timbres français à leur disposition, peuvent nous adresser des timbres de leur pays.

La Direction
21, quai Malaquais, Paris.